U0358567

天文與曆法

辛德勇

读书随笔集

生活·讀書·新知 三聯书店

图书在版编目（CIP）数据

天文与历法 / 辛德勇著. —北京：生活·读书·新知三联书店，2020.8
（辛德勇读书随笔集）
ISBN 978 – 7 – 108 – 06899 – 6

Ⅰ.①天⋯　Ⅱ.①辛⋯　Ⅲ.①随笔－作品集－中国－当代
Ⅳ.① I267.1

中国版本图书馆 CIP 数据核字（2020）第 133531 号

责任编辑　张　龙
装帧设计　薛　宇
责任校对　张国荣　曹忠苓
责任印制　徐　方
出版发行　生活·讀書·新知三联书店
　　　　　（北京市东城区美术馆东街 22 号　100010）
网　　址　www.sdxjpc.com
经　　销　新华书店
印　　刷　河北鹏润印刷有限公司
版　　次　2020 年 8 月北京第 1 版
　　　　　2020 年 8 月北京第 1 次印刷
开　　本　880 毫米 × 1230 毫米　1/32　印张 7.25
字　　数　143 千字　图 59 幅
印　　数　0,001 – 6,000 册
定　　价　58.00 元
（印装查询：01064002715；邮购查询：01084010542）

作者近照（黎明 摄影）

辛德勇，男，1959年生，北京大学历史学系教授，北京大学古地理与古文献研究中心主任。主要从事中国历史地理学、历史文献学研究，兼事中国地理学史、中国地图学史和中国古代政治史研究，主要著作有《隋唐两京丛考》《古代交通与地理文献研究》《历史的空间与空间的历史》《秦汉政区与边界地理研究》《建元与改元：西汉新莽年号研究》《旧史舆地文录》《石室膡言》《旧史舆地文编》《制造汉武帝》《祭獭食蹠》《海昏侯刘贺》《中国印刷史研究》《〈史记〉新本校勘》《发现燕然山铭》《学人书影（初集）》《海昏侯新论》《生死秦始皇》《辛德勇读书随笔集》等。

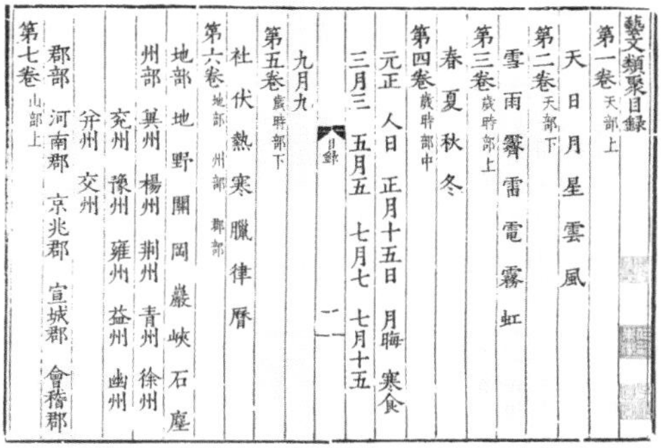

藝文類聚目錄
第一卷 天部上
天 日 月 星 雲 風
第二卷 天部下
雪 雨 霽 雷 電 霧 虹
第三卷 歲時部上
春 夏 秋 冬
第四卷 歲時部中
元正 人日 正月十五日 月晦 寒食
三月三 五月五 七月七 七月十五
目錄 二
九月九
第五卷 歲時部下
社 伏 熱 寒 臘 律 曆
第六卷 地部 州部 郡部
地部 地 野 關 岡 巖 峽 石 塵
州部 冀州 楊州 荊州 青州 徐州
兗州 豫州 雍州 益州 幽州
并州 交州
郡部 河南郡 京兆郡 宣城郡 會稽郡
第七卷 山部上

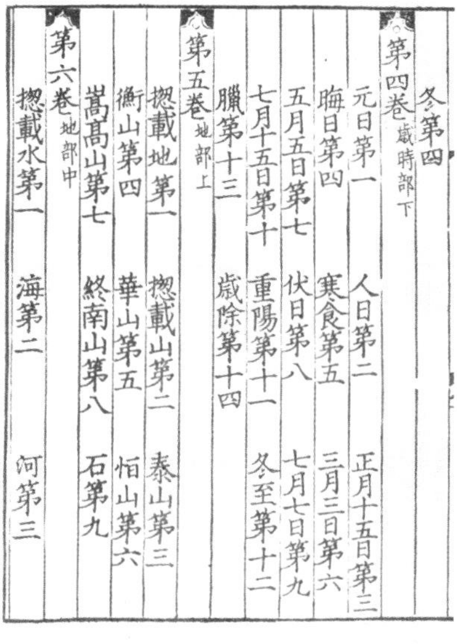

冬第四
第四卷 歲時部下
元日第一 人日第二 正月十五日第三
晦日第四 寒食第五 三月三日第六
五月五日第七 伏日第八 七月七日第九
七月十五日第十 重陽第十一 冬至第十二
臘第十三 歲除第十四
第五卷 地部上
揔載地第一 揔載山第二 泰山第三
衡山第四 華山第五 恒山第六
嵩高山第七 終南山第八 石第九
第六卷 地部中
揔載水第一 海第二 河第三

图一　上海古籍出版社影印上海图书馆藏南宋绍兴刻本《艺文类聚》补配之明嘉靖胡瓒宗刻本目录（上）

图二　台北艺文印书馆影印日本宫内省书陵部藏南宋绍兴十七年（1147）东阳崇川余四十三郎刻本《初学记》（下）

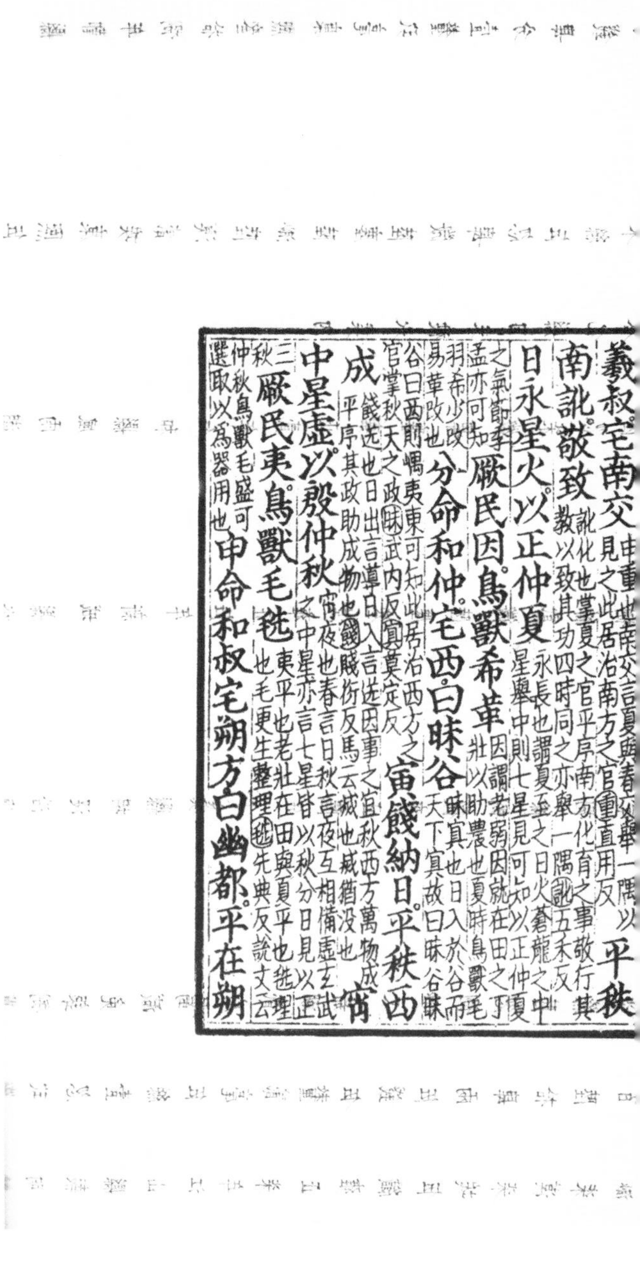

羲叔宅南交申重也南交言夏與春交舉一隅以見之此居治南方之官重直用反平秩
南訛敬致訛化也掌夏之官平序南方化育之事敬行其教以致其功四時同之亦舉一隅訛五禾反
日永星火以正仲夏永長也謂夏至之日火蒼龍之中星舉中則七星見可知以正仲夏
之氣節季孟亦可知厥民因鳥獸希革因謂老弱因就在田之丁壯以助農也夏時鳥獸毛
羽希少改易革改也分命和仲宅西曰昧谷昧冥也日入於谷而天下冥故曰昧谷昧
谷曰西則嵎夷東可知此居治西方之官掌秋天之政昧武內反冥莫定反寅餞納日平秩西
成餞送也日出言導日入言送因事之宜秋西方萬物成平序其政助成物也餞賤衍反馬云滅也滅猶没也宵
中星虛以殷仲秋宵夜也春言日秋言夜互相備虛玄武之中星亦言七星皆以秋分日見以正
三秋厥民夷鳥獸毛毨夷平也老壯在田與夏平也毨理也毛更生整理毨先典反說文云
仲秋鳥獸毛盛可選取以爲器用也申命和叔宅朔方曰幽都平在朔

图三　傅增湘以清康熙年间公文纸搭印《四部丛刊初编》影印吴兴刘氏嘉业堂藏宋椠本《监本纂图重言重意互注点校尚书》

曆象日月星辰敬授人時

分命羲仲宅嵎夷曰暘谷

寅賓出日平秩東作

日中星鳥以殷仲春

厥民析鳥獸孳尾

申命

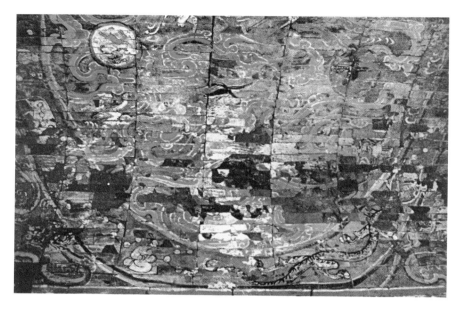

图四　西安市西安交通大学附属小学西汉后期墓室券顶日月二十八宿天象图

图五　清乾隆年间姑苏版画《清明佳节图》

日各至以旬六旬辯燮自雝燮之日一旬又五日木燮渴進退五日自渴之日三旬又五日甘客降且降 〔二〕

之日一旬又五日辯燮渴進退五日自渴燮之日三旬又五日木可以燮大＝或戎旬日南至戎六旬日 〔三〕

图六　清华大学藏战国竹书《八气五味五祀五行之属》

图七　陕西洋县出土商晚期蛙纹钺

图八　西汉墓壁画上的女娲与月亮

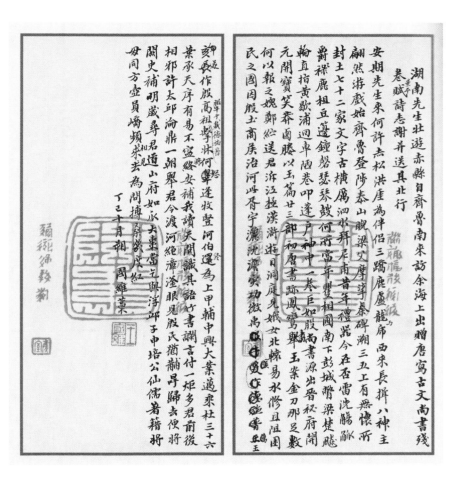

图九　王国维赠内藤虎次郎诗原貌

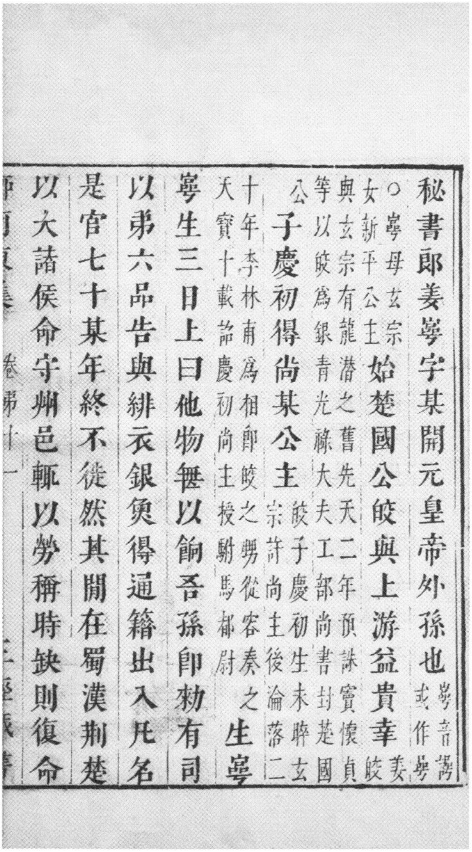

秘書郎姜嫪字某開元皇帝外孫也嫪音謁或作嫪
○嫪母玄宗女新平公主始楚國公皎與上游益貴幸姜皎
與玄宗有龍潛之舊先天二年預誅竇懷貞等以皎為銀青光祿大夫工部尚書封楚國
公子慶初得尚某公主皎子慶初生未晬玄宗許尚主後淪落二
十年李林甫為相即皎之甥從容奏之天寶十載詔慶初尚主授駙馬都尉生嫪
嫪生三日上曰他物無以餉吾孫即勑有司
以弟六品告與緋衣銀㒼得通籍出入凡名
是官七十某年終不徙然其間在蜀漢荆楚
以大諸侯命守州邑輒以勞稱時缺則復命
柳河東集　卷第十一　三徑藏書

图十　明崇祯原刻蒋之翘辑注本《柳河东集》

总　序

　　三联书店这次同时帮我出版六册小书。册数多了，内容又显得七零八落，于是需要对此做一个总的说明。

　　人生在世，本来有很多事可以做；即使像我这样的书呆子，除了自己读书，还是可以兼做一些社会工作的，我也很愿意去做一些这样的工作。

　　当年之所以从社科院历史所断然离去，并不是因为我太清高，不想做俗事。对自己的学术研究，我从来就没有什么高远的期许。像我这样中小学教育都接近荒废的人，在那样一个特殊的文化断层年代，连滚带爬地竟成了个做学问的人，没有任何自负，只有暗自庆幸，庆幸自己的侥幸。要是能够在这个国家融入世界的过程中，有机会直接为社会做出一些努力，同样会感到十分庆幸，那是难得的福分。

　　可是，当你尝试做一些事儿的时候，很快就会明白：你面对的是一块铁板，实际上什么也做不了。剩下的，就只有困守书斋，自得其乐了。

讲这话的背景，是我这一代人的社会理想。所谓"我这一代人"，实际上是指与七七、七八级大学生同期的那一个群体。这些人中年龄大的，比我上大学的年龄要翻个番，我属于那一批人中年龄垫底的小字辈儿。但我们还是有大体相似的成长经历，因而也有着相似的社会理想和人生情怀。

时光荏苒，世事沧桑。现在，到这一代人渐渐离去的时候了。伴随自己的，只剩下房间里的书。

一个人的生活，单调到仅仅剩下读书，不管写什么，当然也就都离不开读书。因读书而产生的感想，因读书而获得的认识，还有对读书旧事的回忆，等等。所以，这套小书总书名中的"读书"二字，就是这么来的。

如果一定要说自己在读书过程中有什么比较执着的坚持，或者说有什么自己喜欢的读法的话，那就是读自己想读的书，用自己觉得有意思的方式去读。多少年来，我就是这么走过来的。

细分开来，大致可以举述如下几个方面的做法来说明这一点。

一是读书就是读书，没什么读书方法可谈，更没什么治学方法可说。读书方法和治学方法，是合二而一的事情。论学说学的人，问学求学的人，不管教员，还是学生，讲究这一套的人很多，或者说绝大多数人都很讲究这一套，都很喜欢谈论这一套。可对于我来说，或许勉强可以算作一种读书治学方法的东西，好像只有老师史念海先生传授的"读书得间"和另一位老师黄永年先生传授的"不求甚解"这八个字（两位老师对我都非常好，估计也不会另有什么锦囊妙计秘而不传）。除此之外，别无他法。我一直是随兴之所至，想读什么就读什么，读到哪儿算哪儿。既没有能力，也没有丝毫意愿去参与这类所谓"方法论"问题的议论和纷争。

正因为如此，这六册小书里虽然也有个别文稿，由于种种原因，看似谈及所谓读书方法问题，但是其一，这些话都卑之无甚高论，根本上升不到方法论的高度；其二，写这些文稿都有特殊的原因，一定程度上乃不得已也。大家随便看看就好，把它更多地当作一种了解我个人的资料来看或许会更恰当一些。

二是喜欢读书，这只是我自己的事儿，既与他人谈论什么无关，也与学术圈关注的重点、热点无关。以前我说过两句像是自己座右铭的话："学术是寂寞的，学术是朴素的。"做学术研究，首先就是读书，因而也可以改换一个说法，即读书是寂寞的，读书是朴素的。对于我来说，读书生活的寂寞，最突出的表现就是静下心来读自己的书。天下好玩儿的书有好多，我对那种一大堆人聚在同一个读书班里读同一段书的做法，一直觉得怪怪的，很是不可思议。

三是读书过程中遇到什么问题就自己思索，很不喜欢凑集一大堆人七嘴八舌地讨论同一个问题。若是遇到的问题超出自己既有的知识范围，那么，就去找相关的书籍阅读，推展自己的知识范围，学习新的知识。我一直把治学的过程，看作学习的过程。自己觉得，这样读书，有些像滚雪球，知识这个"球"就会越滚越大。我习惯用平常的知识来解决看似疑难的历史问题，而不是依仗什么玄妙的方法。所以，安安静静读书求知，对我很重要。

"读书"之义，介绍如此，下面再来谈"随笔"的意思。

"随笔"二字既然是上承"读书"而来，单纯就其字面含义来讲，倒容易解释，即不过是随手写录下来的读书心得而已。不过这样的理解，只适合于这六册小书中的一部分文稿，若是就全部文稿而言，这样的解释显然是很不周详的。

总的来说，我写这些"随笔"并不随便，都是尽可能地做了比较认真的思考，或是比较具体的研究，其中相当一些文稿还做了比较深入细致的论证和叙说，只是在表现形式上，绝大多数文稿，从文体到句式，都没有写成那种八股文式的学术论文而已。另外，从这六册小书的书名可以看出，这套"随笔"所涉及的范围，从"专家"的标准来衡量，似乎稍微有点儿过泛过杂，或者说太有点儿随心所欲，不过这倒和"随笔"的"随"字很搭。

综合内容和形式，收录在这六册小书里的文稿，可以大致包括如下几类。

第一类是追念学术界师友或回忆自己往事的文稿。不管是旧事，还是旧情，都是当代学人经行的痕迹，在很大程度上也都体现着我本人的心路历程。年龄越来越大了。虽然没有什么了不得的经历和见识，但时光在飞速流逝，当年寻常的故事，后来人也许会有不寻常的感觉。以后在读书做研究的余暇，我还会继续写一些讲述以往经历的文稿。

第二类是一般意义上的学术随笔。读书有得而记，有感而发。其中有的内容，已经思考很长时间，有合适的缘由，或是觉得有写出的必要，就把它写了下来；有的内容则是偶然产生想法，一挥而就。虽说学术随笔归根结底只不过是一时兴到之作，但我不管写什么，都比较注重技术性环节。这是匠人的本性使然，终归没有什么灵性。

第三类是一些书序和书评，其中也包括个别拙著的自序。写这些文章，虽然有时候免不了会有情谊的成分，会有程序性的需求，但我仍一贯坚持不说空话废话，而是努力讲自己的心里话，谈自己对相关问题的思考、感想和看法。这些话，有的还不够成熟，写不成专题论文；有的就那么一星半点的知觉，根本就不值得专门去写；有的以前做过专门论述，但论证往往相当复杂，或者这些内容只是庞大论证过程中的一个很小环节，读者不一定注意，现在换个形式简单明了地写出来，更容易让大家了解和接受。总之，不拘深浅，不拘形式，更不管别人高兴还是不高兴，我总想写出点儿自己的东西。

第四类是最近这几年在各地讲演的讲稿。近些年，社会文化生活的形式出现了一种新的现象，很多非专业的人士，对历史文化知识产生了浓厚的兴趣，而且不再满足于戏说滥侃，需要了解一些深入严谨的内容。由于没有受过专业训练，在阅读相关书刊之后，这些人士很愿意通过面对面的接触与互动，更好地理解相关的知识。另一方面，一些大学在读的本科生、研究生，也有同样的需求。这样，就有许多方面组织了学者与读者的会面，我也参加过一些这样的活动。收录在这六册小书里的讲稿，大多就是我参加这类活动时的"作业"。当然也有部分讲稿是用于其他学术讲座的稿子。

这些讲稿有的是很花费工夫的专题研究，只是因为有人让我去讲，我就用讲稿的形式把相关研究心得写了出来；还有的讲稿，是为适应某种特别的需要而临时赶写，难免不够周详。相信读者很容易看明白这一点。

另有很大一部分讲稿，是为我新出版的书籍或者已经发表过的论文，面向读者所做的讲说。其中，有的是概括介绍拙作的主要内容、撰著缘起、内在宗旨、篇章结构等；有的是对书中、文中相关内容的进一步引申、发挥或更加深入的研究；有的是针对某些异议，说明我的态度和思辨方法。

我的目的不是想让读者或是他人一定要接受我的学术观点，但我希望通过这些努力，能够帮助那些想要了解敝人学术看法的人尽可能准确地理解我想说的到底是什么。这一点看似简单，其实却很不容易。我只能尽力而为，但无须与人争辩。当然在这样的讲述过程中，我常常还会谈到一些其他的知识，希望这些内容也能够对关心我的读者有所帮助。

总的来说，我自己是比较喜欢这些"随笔"的，它不仅拉近了我和读者的距离，更给了我机会，在这些文稿里讲述一些不便写在"正规"学术文章中的内容。希望读者们也能喜欢。

　　至于这六册小书的归类，不过是按照内容大体相近而略作区分而已。不然，一大本书太厚，没法看。

2020 年 3 月 30 日记

目　次

自　序

　　编成这册《天文与历法》，并把它列入《辛德勇读书随笔集》，完全是缘于我在北京大学的教学工作。

　　我博士毕业以后，很长一段时间都是在研究所里混日子，正式登上讲坛给学生授课的机会实在少得可怜。直到 2004 年的秋天，从中国社会科学院历史研究所转入北大历史系，才开始摸索着做起了教书匠的工作。

　　虽然教书的工作没怎么做过，但读书，听八卦，早就知道大学里的教授普遍都懒得上课。现在很多大学里的"名教授"，甚至学生四年大学下来，连个面儿都没能见到。当然教书很辛苦，"名教授"也是熬过来的。成名成家又不是为了自讨苦吃，有了不一样的身份，就会减少很多麻烦。

　　做烦了的，要躲；没机会做的，却跃跃欲试，很想过过瘾。离开社科院的时候，院里主管人事的副院长循例同我谈话，沟通、处置相关事宜。我说，博士毕业以后，几个主要领域的事儿都做了：职业研究人员、学术编辑、学术组织管理，

就差教书了，缺了这个，人生好像很不完整。更何况，我这是
要去北大教书。当年名落孙山之外好几十里地，现在去教教北
大的孩子过过瘾，也算是一种心理补偿。

就这样，背离领导困惑不解的目光（这位副院长明确告
知，院里已经正式做出决定，对我是要进一步提拔，另予重用
的），我就来到了北大教书。

好不容易争取到的机会，不能不格外珍惜，备课上课，也
就分外努力。自己的知识储备，远不能同我的老师史念海先生
和黄永年先生这些前辈们相比，讲不出多少自己的东西来，但
教书讲课与著书立说不一样，若是退而求其次，也不妨转授一
些他人的研究成果。有些东西不懂，只要需要，还可以现学
现卖。

我的一点儿中国古代天文、历法知识，就是为给北大历史
系以及其他相关专业的本科学生讲课而自学的。

也许有人会很好奇：大学教授不都是转讲自己得意的特长
吗？为什么我自己不懂还要硬赶着现学现卖？

稍微了解我的朋友都知道，我读书做学问，与强调方法相
比，是更加强调知识的价值与作用的。天文与历法知识，在中
国古代的总体知识构成中占有重要份额，更对社会生活产生了
广泛而又深刻的影响；特别是在北宋中期以前，天文、历法知
识同社会政治生活的关系尤为深切。因此，若是完全不懂古代
天文、历法知识，学习中国古代史，研究中国古代史，必然会
有严重隔膜。其结果，轻了，是总隔着那么一层，根本接触不

到实际；重了，还不知道顺着这层隔膜滑到哪里去了。

所以，没有办法，不懂就只好去学；即使学不了那么深、那么透，多少懂一点儿，也比一点儿不懂强。这利己，也益人。

其实不仅是天文、历法知识，其他知识也是这样，只不过天文、历法问题比较明显，不懂不大好装懂，不大容易误以为自己懂了。多少接触一点儿相关的问题，多探讨一些具体的史事，明白"知识"也并不那么简单低下，也许大家就会更容易理解我强调"知识"二字的缘由和意义了。

世界上不管是哪一种历法，都是基于天文，也就是天体运行的数据，而现在毕竟已经不是三代以上人人皆知天文那个年代了。在今天，影响大家学习古代天文、历法知识的第一个障碍，是人们普遍缺乏现代天文、历法知识。这与中国高考制度的影响有重大关系，也与市面上缺乏引人入胜的天文、历法知识普及读物有关。

在中国古代天文、历法研究的学术层面上，学者们的研究工作以及对相关知识的弘布工作，也存在一项值得注意的缺憾。这就是直到目前为止，他们的工作基本上都是以西方近代科学为标尺来构建中国古代天文、历法的年表。其缺陷，一是研究的内容缺乏与中国社会实际深切而又具体的联系，二是表述的形式大多没有能从中国古代的历史实际出发，由内而外。这样就会让学习、研究中国古代历史的人感觉既飘忽于古代社会之外，又不鲜活生动，干巴巴、硬邦邦的，不易提起兴致。

　　除了这种正儿八经的学术原因之外，还有种种基于所谓"爱国"情怀或是江湖骗术的谬论邪说，既非智，又无理，还假模假式地故弄玄虚，把很平易严整的科学知识弄得云里雾里，甚至乌烟瘴气。市面上那些靠讲"国学"、演"周易"混日子的，基本上都是这个套路。这样一来，那些真心想要学些古代天文、历法知识的人士，也就更摸不着头脑了。

　　当然，什么事情都是说起来容易做起来难，哪怕是每一个孤立的个别问题，要想一下子做好也很不容易。即使如此，中国古代有关天文、历法的知识，也是可以做一个简单的概括和说明的。

　　按照我的粗浅理解，中国古代天文学的核心内容，不外乎通过观测记录下来的实际天象和解读天象的天文占验这两大部分，而历法则是根据天象观测所得天体运行规律而制定生活用历的法则。当然也可以把依据这种法则制定的生活用历称作历法。

　　天文的观星记星，这很好懂，只是当时所用的名词同现代有所差别。星星还是那颗星星，月亮还是那个月亮，只要知道古人用的那个词儿，就一目了然了。至于占星占云气，这本来也不是什么科学，他说啥就是个啥，是没什么道理好讲的。

　　历法部分，其实你只要知道中国古代的历法以及历法所依托的天文现象本有两套术语：一套是阳历，另一套是阴历，那么，一切就都很好理解了。其阳历，是以二十四节气划分的地球回归年，阴历则是以十二个月或十三个月累积而成的稀里糊涂的所谓"中国年"。大道理就这么简单，一点儿也不复杂，更不难。

　　不过中国古代早期的历法问题，由于数据太少，有些基本问题认识还很不清楚。比如这本小书里对商代历法的推测和对二十四节气早期起源阶段一些重要环节的论述，就都只是非常初步，也还非常不确定的探讨。总之，这本小书涉及的中国古代天文和历法问题，不管是知识性的介绍，还是研究性的论证，都是我在北大教学工作的一个副产品。另外，这本小书中还有几篇文稿，讲述的是与历法相关的生肖纪年或年号纪年问题。

　　　　　　　　　　　　　　　2020 年 4 月 4 日记

冬季第一天

一年有四季，今天，可以说是冬季第一天。

所谓四季，原则上是按照气候生物的周期性变化对"年"这一时间单位的进一步划分，所以，要想说清楚什么是四季，先得讲明白什么是"年"。

中国至迟从西周时期起，天子治下的小民，就被逼着跟"神圣"帝王过一种"阴阳混合年"，这个年就是所谓"中国年"。这种年虽然长期备受膜拜，实际上却不是个真正的"年"。因为它要积月成年，十二个月一年的平年比真正的"年"短那么一段，十三个月的闰年则又比真正的"年"长出一截。

那么真正的"年"是什么呢？其实很简单，就是地球围绕太阳公转一个周期的时间长度，也就是我们常说的阳历年。古人比较专门的术语，是称呼这个真正的"年"为"岁"，相对而言，狭义的"年"是指前面谈到的所谓"中国年"（《周礼·春官宗伯·太史》郑玄注）。

因为过去中国人过的是"阴阳混合年"（俗称"阴历年"

很不准确，真正的"阴历年"每一年的月份数应该都一样，不能长一年短三年的），或比真正的"年"短，或比真正的"年"长，大家闭上眼睛画个圈，就会很容易明白：气候、生物的循环周期是无法与之同步的——因为影响这一周期的主要因子是地表接受太阳热量的周期性变化，这一变化是与地球在其公转轨道上所处的位置对应的，而地球公转轨道的一个完整周期也就是一个标准的、真正的"年"。若是用一个带有截断标志的椭圆形的圈来表示，如下图所示：

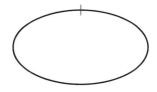

而中国传统的"阴阳混合年"的时间长度，若是平年，就要比它短一段，闰年因为多出了一个月，便会比它长出一截：

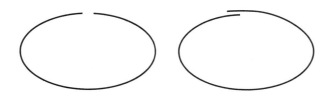

这样一来，四季怎么划分？这是个很大的难题：怎么划分也合不上自然的节奏。好在这块土地上生活的人，自古以来就很会凑合着过，啥事儿差不多就行。

中国古人在这种"阴阳混合年"上划分四季的办法，是

冬十月朔日有食之〔甲乙者歷之應也晦朔者日月之會而朔日之食必以甲乙故朔日之食必以晦朔者日月之存而可也〕

傳十七年春盟于黃平齊紀且謀衛故也〔齊欲滅紀故其君〕

父盟于趡尋滅之盟也〔盟在隱元年○夏及齊師戰于奚疆事也〔疆場之事慎守其一而備其不虞姑盡所備焉〕

守其一而備其不虞〔廣度也不度猶不待洛下同〕

而戰又何謁焉〔謁音於例切○伐邾宋志也魯從宋志〕

季子陳〔相侯無子故召季友之故〕

季自陳歸于蔡蔡人嘉之也〔嘉善也得衆稱歸以明外納之〕

冬十月朔日有食之不書日官失之也天子有日官諸侯有日御〔典歷數者日官居卿以底日禮也日御不失日以授百官于朝〕

初鄭伯將以高渠彌為卿昭公惡之固諫

《四部丛刊初编》影印晋杜预撰《春秋经传集解》

9

百衲本《二十四史》影印南宋建安黄善夫书坊合刻三家注本《史记》

按照月份将就着划：正、二、三月为春，四、五、六月为夏，七、八、九月为秋，十、十一、十二月为冬（即所谓十冬腊月）。闰月呢？哪个月后面设了闰月（也就是俗称闰某月），闰月就和那个月的季节归属在一起（在中国古代，另有严格按照天文意义划分的"四时"，在此姑且略而不表）。这是一个悠久的中华民族传统，《春秋》里就是这么记的；《史记·封禅书》里讲秦始皇在统一六国，始得以在这块土地上普遍实施暴政之初，便决定"以冬十月为年首"，其所称"年首"而不是"岁首"，就更加准确也更有标志性意义地说明了这一点。

现在按照法定的官历，中国并不过传统的"阴阳混合年"，而是过西洋传来的阳历年。我们若是把中国传统历法中对四季的划分办法挪用过来，用来称谓时下的四季，那么，今天，十月一日，就是冬季的第一天（不然的话，若是使用国家气象台定的那个俨乎其然的标准，寻常小民是无法看看黄历就讲说清楚春夏秋冬的，天下春秋也就成了一笔糊涂账）。

2019 年 10 月 1 日晨记

这猪年可怎么过

好过不好过也就要过去了的这个狗年，在大年初二的时候，我写了篇小文，题作《还过这狗年干啥》，惹得一众人不高兴，还有个别人到今天还时不时地跳出来说这件事。

我觉得不该再过这个狗年，是因为这狗年其实不是个像样的年。因为"年"的实质，是以地球围绕太阳运行周期划分的一个时段，而不管狗年还是熊年（这个我不太懂，好像没有熊年，那就改以猴年为例）的长度，不是比这个周期短（平年），就是比这个周期长（闰年），确切地说，根本就不是个年。

在现代社会，对于很多普通民众，特别是工薪族来说，过年过节，最重要的意义，不过是带薪放假。所以，过什么年、过什么节，以及什么时候过年、什么时候过节，首先需要考虑如下两点。

第一，多多益善。单讲"过年"，中国的狗年要过，西洋的狼年（罗马人都属狼）是法定的年，更非过不可；彝历的新年，藏历的新年，伊斯兰历的新年，苟年新，年年新，又年新，有年大家一起过，有什么不好。

第二，基于现实的考虑，节假日不仅不能太多，而且还要尽量有规律。节假日安排少一点儿，是为了干更多的活儿；节假日设置规律些，是为了让出力气干活儿更有效率。

年想天天过又不能天天过，年要个个过也不宜个个过。那怎么办？只能选些方便的过，选在更方便的时间过。

如上所述，现在的公历 1 月 1 日，也就是通常所说的"元旦"这一天，是我国法定的"新年"，不仅不过不行，也最为方便。就现行的历法来说，它日期固定，而且就是每年第一天，鲜明，这是一便。世界上大多数国家，特别是主流国家都在这一天过年，因而能同国际接轨，这是二便。咱神州大地上统共有五十六个民族，是五十六族共和，大家一起过的年，选谁的用，对别的民族也都不够尊重，不够平等。这样，干脆用一个舶来的，就谁都没话说，这是三便。所以，一年中最重要的假日，就应该定在这一天，只不过现在的假期有点儿短，定一个现在过阴历年那个长度的假期，就得了。

那么，现在这个阴历年怎么办？废了也可惜，而且一年365 天只过一个年也显得太少了。从方便的角度，也就是更便于有规律地安排生产和生活的角度来看，可以把它挪到公历的某一个日子，名字还叫"中国年"就是了。

具体方案有二：一、最佳方案，某月第几个星期的第几天。比如三月第三个星期的星期三（这个好记，而且"三"是个象征无穷大的大数，要是有人不懂，可以参看清人汪中的名篇《释三九》，见汪氏文集《述学·内篇》卷一）；二、退而求其次，可以定在某月固定的第几天，比如五月五、六月六、八月八、九月九，等等。

选个日子，看似简单，有的时候也有说不清或是不能说的考虑。比如六月六我觉得挺好，六六大顺，多好的口彩，同时一年过一半，干活挺累挺烦的了，休息调整一下多好。五一、六一、七一、八一、十一也都挺好，但已经是节日了，选在哪个日子上都会少一个节日，划不来。我觉得十月十是个很有想象力的创意，它是中华民国的建立纪念日，两岸和平统一，已经指日可待，到那时候，让那边的人在这个日子里过个大年，也能乐呵乐呵，算是两全其美的事儿。商家搞活动，做个文案图标啥的还好设计，西洋人看了像一对儿十字架似的，同样会跟着傻乐。再加上这个，就成三项全能了。

总之，我绝不反对过中国年，只是觉得过去沿用的那个日子不好用，换个日子就会好喜欢。那些动不动就说什么老祖宗的东西什么都不能变的人，其实大多并不了解历史。现在人们过的那个"中国年"，并不像有些人挂在嘴边儿那个词儿讲的那样，是"自古以来"就有的。别的不说，统一中国的秦始皇，他过年的日子，就是旧历十月初一，那一天，才是他们的元旦，和我选的这个公历十月十贴近得很。所以，换个日子来过年，本是古人早就做过的事儿，用不着大惊

門是也亦謂之宮門闈人職恳紀之事躍宮門是也亦謂之公門曲禮大夫士
下公門鄉黨入公門是也亦謂之中門與中闈同義闈人職掌守王宮之中門
之禁是也室中度以几堂上度以筵宮中度以尋野度以步涂度以軌惟城度
以雉故王宮門阿之制五雉宮隅之制七雉城隅之制九雉城之度以雉由宮
城始故宮城之門謂之雉門春秋定公二年傳雉門災明堂位雉門天子應門
是也十有六者異名而同實

釋三九上

一奇二偶一二不可以為數二乘一則為三故三者數之成也積而至十則復
歸於一十不可以為數故九者數之終也於是先王之制禮几一二之所不能
盡者則以三之為之節三加三推之屬是也三之所不能盡者則以九為之節九
章九命之屬是也此制度之實數也因而生人之措辭几一二之所不能盡者
則約之三以見其多三之所不能盡者則約之九以見其極多此言語之虛數
也實數可稽也虛數不可執也何以知其然也易近利市三倍詩如賈三倍論

清道光写刻本《述学》

小怪。

我在这里说什么，都是咸吃萝卜淡操心。上面这些话，不过是对狗年年头讲过的那些旧话做些补充而已。普通百姓，就想实实在在过日子。现在的问题是，有些管事儿的有时候会把情况弄得非常混乱，不是说你听话跟着过就能轻松过得去的。

这是因为有个别管事儿的并不懂事儿，尤其是搞不懂古代历史上那么多复杂的事儿。关于这个"中国年"，在2016年教育部审定的义务教育教科书《中国历史》（七年级上）中（页78），有这样一段表述：

> 汉武帝时，在前代历法的基础上进行修订，以立春正月为岁首，确立了农历的基本形式及计算方法，此后一直沿用。

所谓"岁首"，实际用的是一个古代词语，直译成我们今天老百姓谁都听得懂的大白话（这样，念这个课本的小孩子当然也更容易明白一些），也就是一年开头的时候。

说一年开头在正月，这是讲一年中各月次序的排列，是以那个月开头。在各个不同时期，"岁首"不一定都是正月。比如前面提到的秦始皇，就是以十月开头的。以哪个月为"岁首"，那个月的初一，便是新一年开始的那一天，也就是"过年"的日子。

"岁首"的月份是可以由帝王自己定的，定在哪个月都行，

但"立春"在哪一天，却是由"天道"，也就是地球绕日运行所至的位置排定的，该在哪一天，它就必须在哪一天。不仅秦始皇动不了，汉武帝也动不了；更重要的是，它所在的月份，不一定是正月，有时会赶在腊月，也就是十二月。换一个角度，从立春与正月初一这两个日子的前后次序来看，如果春来得早了，立春这一天有时候会排在正月初一以前。比如现在这个即将过去的戊戌年（2018），还有前年丙申年（2016）和大前年乙未年（2015），就都是立春先于正月到来，也就是先立春，后过年。为此，我曾摘录清人袁树的诗句"春是去年到，元从此日书"，来应这个景儿。

　　了解这个情况之后，再来看"以立春正月为岁首"这句话，就怎么也无法理解它说的是什么意思了。古代的典籍里，没有这样的记载。过新的一年之前先立春，立春就是在上一年的岁末，还怎么"以立春正月为岁首"呢？可见这样的说法是十分荒唐的。

包括"立春"在内的所谓"二十四节气"，是对地球绕日运行周期这一时间长度的切割，它与每个月的月份之间，具有一定的对应关系。根据晋人司马彪撰著《续汉书·律历志》（现在已经被编到了南朝刘宋时人范晔的《后汉书》里），其相互对应的关系如下：

十一月	十二月	正月	二月	三月	四月	五月	六月	七月	八月	九月	十月
冬至	大寒	雨水	春分	谷雨	小满	夏至	大暑	处暑	秋分	霜降	小雪

据此，"雨水"这个节气，是一定会落在正月之内的。实际上，上面列出的这十二个"节气"，狭义地讲，是被称作"中气"的，这些"中气"，在这里被用作表示各个月份的"日名"，也就是用"中气"给每一月份标注出来的太阳经行的位置（现在通行的中华书局点校本《后汉书》，点校者看不懂这"日名"是啥意思，就硬把它改成了"月名"）。

其实上面引述的那段《中国历史》教科书的内容，还有一些很严重的问题，因为与我在这里讲述的问题无关，就姑且按下不表。可现在迫在眉睫的是，眼看就要过年了，而今年立春的日子，更加特别，它不仅在正月之前，而且就早一天，就在上一年年底的除夕之日，也就是明天。那么，按照前面提到

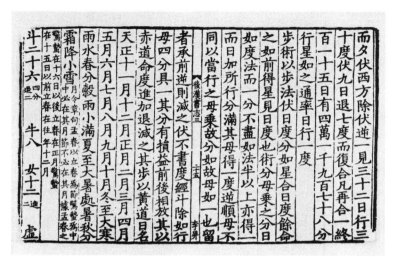

百衲本《二十四史》影印南宋绍兴刊本《后汉书》

的"以立春正月为岁首"这个定义，我们到底是明天就过大年呢？还是后天再过大年？这猪年可到底怎么过？

2019 年 2 月 3 日亦即戊戌年腊月二十九日晨记

猪尾鼠头谈十二生肖纪年的渊源

明天就要过"年"了。虽然这个所谓"中国年"早该废了，事实上也早就废了。因为政府法定的名称叫"春节"，是"节"而根本就不是个"年"。

不过"春节"这个"节"，确实是源自被孙中山废掉的那个土土的"中国年"，人们也是相沿成习一直把它当个正儿八经的年在过；再说反正放假，亲朋好友聚在一起放纵一番（主要是放开肚子吃），总是件欢乐事儿。

好吧，那我在这里，也就按照社会的习惯，谈谈用十二生肖来指称这个"中国年"的问题。

按照十二生肖纪年法，今天是猪年的最后一天，一过午夜，也就进入了鼠年，这也可以称为"猪尾鼠头"。其实明天不仅是鼠年第一天，这个鼠年，在十二生肖纪年法中，也是排在最前面的那一年。所以，现在来谈谈十二生肖纪年法的渊源，也算是一个比较合适的时候。

其实关于这一问题，南宋末年人王应麟，早就做过一个很

朱文公嘗問蔡季通言十二相屬起於何時首見何書又謂以二

十八宿之象言之唯龍與牛為合而他皆不類至於尭當在

西而反居寅雞為鳥屬而反居西又牪之甚者韓文考異毛

頴傳封卵地謂十二物未見所從來愚按吉日庚午既差我

馬午為馬之證也季冬出土牛丑為牛之證也蔡邕月令論

云十二辰之會五時所食者必家人所畜丑牛未羊戌犬酉

雞亥豕而巳其餘虎以下非食也月令正義云雞為木羊為

火牛為土犬為金豕為水但陰陽取象多塗故午為馬酉為

雞不可一定也十二物見論衡物勢篇說文亦謂巳為蛇象

形

自帝尭元年甲辰至宋德祐丙子凡三千六百三十三年帝尭

《四部丛刊三编》影印元刊本《困学纪闻》

好的考证：

> 愚按"吉日庚午，既差我马"，午为马之证也。"季冬出土牛"，丑为牛之证也。蔡邕《月令论》云："十二辰之会（德勇案：应正作'禽'），五时所食者，必家人所畜，丑牛、未羊、戌（戍）犬、酉鸡、亥豕而已，其余（龙）虎以下，非食也。"《月令·正义》云："鸡为木，羊为火，牛为土，犬为金，豕为水，但阴阳取象多涂，故午为马，酉为鸡，不可一定也。"十二物见《论衡·物势篇》。《说文》亦谓巳为蛇象形。（《困学纪闻》卷九）

这段论述，好就好在原原本本，大致列举出了传世文献中溯及十二生肖纪年法渊源的比较重要的早期记载。

王应麟引述的东汉人蔡邕讲的"十二辰之禽"，也就是与所谓"十二辰"对应的十二种动物，是我们论述十二生肖纪年法历史渊源问题时首先要切入的基点，或者说是我们认识这一问题的基本出发点。

宽泛地讲，所谓"十二辰"，是中国古代天文学家把天赤道带均匀地分为十二个距离相等的段落，其中每一个段落，称为"一辰"或"一次"，合称"十二辰"或"十二次"。划分出这"十二辰"或"十二次"，是为给天文观测定立坐标。比如行星运行到哪一个辰次（这一点，岁星，也就是木星，体现得最为鲜明），或是像太阳这样的恒星的"视运动"（即相对于地球的视觉位移）运动到了哪一个辰次。其中太阳视运动的一个完整周期，就是太阳年（亦即地球公转回归周期）的"一年"。

因此，所谓十二辰，同中国古代纪年的形式，具有实质性的内在联系（中国古代通行的阴阳混合年，也是以太阳年为基础）。若是用太阳视运动在这十二辰中所处的具体位置来标定月份的名称，就是用十二辰来纪月了，即《淮南子·天文训》所说"月徙一辰，复反其所。正月指寅，十二月指丑，一岁而匝，终而复始"。古代所谓"建正"，诸如建子、建丑还是建寅，指的就是以子月、丑月或者寅月作为一年开始的月份，也就是所谓"岁首"。

十二辰的表述形式，是用天干地支中的"地支"，也就是子丑寅卯这一套符号。很多朋友都知道，把天干地支组合起来纪年，像今年是"己亥"年，明天就进入了"庚子"年，这就是所谓"干支纪年法"。在此基础上，若是省略天干而只有地支，就可以径称某年为子年、丑年、寅年或是卯年。所谓"十二生肖纪年法"，实际上就是用十二种动物的名称来替代子丑寅卯等地支。于是，就有了鼠年、牛年、虎年、兔年这些称谓。

只用地支纪年的好处，是使得纪年的刻度可以在一个合适的幅度内重复，即每十二年一个周期。显而易见，对于绝大多数寿命不过百岁的人来说，以这个幅度循环的周期，是很适用的。而用十二生肖取代地支，只是起到更加生动、更加形象的作用，人们也自然会因其生动形象而乐于使用，以致通行于世。

明白了这些基本原理，大家也就很容易理解，我在这里谈论的"十二生肖纪年法的渊源"，在很大程度上，也就是以后来作为生肖的这十二种动物与子丑寅卯各个地支形成固定搭配的时间这一问题，而宋人王应麟的上述论述，是我所见古人相关论述中做得最好的一个。所以，下面就以此为基础，来展开我的分析。

所谓"吉日庚午，既差我马"，这是《诗经·小雅·吉日》当中的语句，注诗者往往侧重其含义是在以"庚日"体现"刚日"，而很少提及生肖。不过唐人孔颖达等著《毛诗正义》，乃特别疏释云："必用午日者，盖于辰，午为马故也。"（《毛诗正义》卷一七）这里所说的"辰"，就是子丑寅卯等十二辰，"午为马"，也就是说人们是用"马"来表述"午"这一辰。这里虽然是以午纪日，但如上所述，十二辰的划分，本来主要是用于纪年纪月的天文单位，故午马相配的用法，不会只用于纪日而与纪年纪月毫无关系；至少在其产生的缘由这一点上，二者一定会有所关联。

假如此说不谬，那么，至迟在春秋时期，就应该已经出现了十二生肖纪年法的基本要素，即这特定的十二种动物同十二辰建立起了固定的搭配。可是，事情并没有那么简单。在《汉书·翼奉传》里，我们可以看到，元帝时人翼奉，直接针对"吉日庚午，既差我马"这两句诗，讲出了另外一套解释，而

至春分馬在廄□□擇馬不□□在廄得爲外事者馬雖在廄擇則調

誠善惡必在國外故也禮記注外事其非祭事皆謂祭事亦以外内

而得引此文者彼雖主祭其非祭事皆謂祭事亦以外内爲馬故斷

章引之也庚則用外必用午日者蓋於辰午爲馬故也羔柔擇釋詁

文　傳鹿牝至衆多　　正義曰釋獸云鹿牝麀是鹿牝曰麀

也鹿麀麀衆多與韓奕同則傳本作麀麇字　　箋麀牝至言多

正義曰釋獸云麀牝麀鹿麀是麀牝曰麀也郭璞引詩曰麀鹿

麀麇麀爲麇牝也由麀之相類又承鹿牝之下本或作麇或作

麇是爲麀牝也箋云麀牝麀麇下箋云祁當作麇麇麇是

者誤也釋獸又云麀牝麀麇當作麇麇麇牝

也必易傳者以言獸之所同明獸類非一故知其所言者皆獸名

下其祁孔有傳訓祁爲大直云其大甚有不言獸名不知大者何

物且釋獸有麇之名故易傳而從爾雅也注爾雅者某氏亦引

詩云瞻彼中原其麇孔有與鄭同下箋云祁當作麀此麇麀破字

則鄭本亦作麇麀也　　瞻彼至天子　　毛以爲視彼中原之野其

日本"东方文化丛书"珂罗版影印南宋绍兴刻单疏本《毛诗正义》

清人陈奂撰《诗毛氏传疏》，就采录了翼奉这套说法而没有理会孔颖达等人的注解（见《诗毛氏传疏》卷一七）。看起来这就像《月令正义》所说的那样，阴阳之术乃取象多途，"不可一定也"。

因此，要想坐实十二生肖纪年法的渊源究竟出现在什么时间，还需要另有其他的证据。在《史记·陈杞世家》中，我们可以看到如下一段记述：

> 厉公二年,生子敬仲完。周太史过陈,陈厉公使以《周易》筮之,卦得观之否："是为观国之光,利用宾于王。此其代陈有国乎? 不在此,其在异国? 非此其身,在其子孙。若在异国,必姜姓……"

唐张守节《史记正义》，疏释其"若在异国，必姜姓"的缘由说：

> 六四变,此爻是辛未,观上体巽,未为羊,巽为女,女乘羊,故为姜。姜,齐姓,故知在齐。

这里讲的占筮的道理，虽然不大好懂，但未与羊的对应关系，却很清楚，而陈厉公二年为公元前705年，时值周桓王十五年，还是在春秋前期。这足以证明，早在春秋前期，就已经具备了以十二生肖纪年的基本要件。

在这一认识的基础上，我们在《左传》襄公七年、二十年和二十三年的纪事中，相继几次可以看到，春秋时期陈国庆氏有庆虎、庆寅二人相并见于记载。虽然没有清楚的说明，但大致可以推测，这庆虎、庆寅应是一家的兄弟，而他们兄弟二人以"虎""寅"二字联名的情况，很有可能也是基于以"虎"称"寅"这一事实。我在《生死秦始皇》一书中曾经谈到，始皇帝赵正的弟弟成蟜，应是以"蟜"通"矫"，"成矫"的意思就是变"不正"为"正"，这样的兄弟联名形式，可以为上述推测提供旁证。

王应麟以"季冬出土牛"，作为"丑为牛之证也"，这"季冬出土牛"之事，出自《礼记·月令》，其原文如下：

> 季冬之月……天子居玄堂左个，乘玄路，驾铁骊，载玄旂，衣黑衣，服玄玉，食黍与彘，其器闳以奄。……命有司大难，旁磔，出土牛，以送寒气。

东汉大儒郑玄注云：

> 作土牛者，丑为牛，牛可牵止也。

那么，郑玄这种说法到底是不是合乎当时的实际情况呢？对此，还需要稍加论证。

《月令》里讲的这个"季冬之月"，就是冬季的最后一个月，也就是十二月（世俗以十月、十一月和十二月为冬季，或分别以孟冬、仲冬、季冬称之）。按照所谓建寅的"夏历"，其各月的月序同以地支注记的十二辰的对应关系如下：

	寅	卯	辰	巳	午	未	申	酉	戌	亥	子	丑
夏历	正	二	三	四	五	六	七	八	九	十	十一	十二

看了这个对应表，大家也就很容易明白，郑玄所说"丑为牛"的"丑"，具体是指这个"丑月"，这也就是所谓"季冬之月"。这样我们才能够更好地理解，《礼记·月令》所说"季冬之月……出土牛，以送寒气"，是与"季冬"这个"丑月"相对应，用与这个丑支搭配的牛来祛除月中的"寒气"。

前引《淮南子·天文训》"月徙一辰"的说法已经表明，所谓"丑月"以至由此上溯到启始的"寅月"，这些以十二辰纪月的形式，在天文原理上，跟以十二辰纪年，不过是一体两面的同一回事。了解到这样的学术背景，就可以从内在的联系上充分证明郑玄的注语是合理可信的。窃以为《礼记》这一记载，足以让我们确认：在战国时期，人们是完全可以用十二生肖来纪年的。

再往后，是什么时候，开始留下以十二生肖配对十二辰的系统记载的呢？目前所知，这首见于东汉人王充的《论衡》。《论衡·物势篇》述云：

> 五行之气相贼害，含血之虫相胜服，其验何在？曰：寅，

木也，其禽虎也。戌（戌），土也，其禽犬也。丑、未，亦
土也，丑禽牛，未禽羊也。木胜土，故犬与牛羊为虎所服也。
亥，水也，其禽豕也。巳，火也，其禽蛇也。子，亦水也，
其禽鼠也。午，亦火也，其禽马也。水胜火，故豕食蛇；火
为水所害，故马食鼠屎而腹胀。曰：审如论者之言，含血之
虫，亦有不相胜之效。午，马也。子，鼠也。酉，鸡也。卯，
兔也。水胜火，鼠何不逐马？金胜木，鸡何不啄兔？亥，豕也。
未，羊也。丑，牛也。土胜水，牛羊何不杀豕？巳，蛇也。申，
猴也。火胜金，蛇何不食猕猴？猕猴者，畏鼠也。啮猕猴者，
犬也。鼠，水。猕猴，金也。水不胜金，猕猴何故畏鼠也？
戌，土也。申，猴也。土不胜金，猴何故畏犬？……天有四
星之精，降生四兽之体，含血之虫，以四兽为长。四兽含五
行之气最较著，案龙虎交不相贼，乌龟会不相害。以四兽验
之，以十二辰之禽效之，五行之虫以气性相刻，则尤不相应。

这一大段话，差不多讲遍了"十二辰之禽"，独独没有辰之
禽为龙。不过在《论衡》的《言毒篇》里，王充还是提到了
它，即谓"辰为龙，巳为蛇"。另外在《论衡·讥日篇》里还
有"子之禽鼠，卯之兽兔"的说法。把这几处记载合为一处，
完整的十二生肖序列，就清楚地呈现在了大家面前。只要具备
一个促发因素，将十二生肖用以纪年，就应该是顺理成章的
事情。

那么，在《礼记·月令》至王充《论衡》之间的秦至西汉

时期，以十二生肖对十二辰这样的两两对应形式，就完全没有留下记载吗？有的，只是过去不大受人注意。

清人万希槐撰著《困学纪闻集证》，尝引证《易林》相关事例述之云：

> 《易林·坤之震》亦云："三年生狗，以成戌母。"（据清翁元圻《困学纪闻注》卷九）

今检核"士礼居丛书"景刻宋本，此语乃作"三年生狗，以戌为母"（《易林》卷一）。清丁晏著《易林释文》，谓"十二辰禽戌为狗，故以戌为母也"（《易林释文》卷一）。类似的记述，还见于《易林·临之乾》："黄玃生马，白戌为母。"（《易林》卷五）丁晏释云："《初学记》引《字林》曰：'玃，韩良犬也。'《战国策》作'韩卢'。戌为犬属，故'白戌为母'。"（《易林释文》卷一）

除了以"狗"称"戌"之外，在《易林》中还可以见到以"虎"称"寅"的纪事。《易林》卷一四"渐之随"述云：

> 闻虎入邑，必欲逃匿。无据易德，不见霍叔，终无忧慝。

清人孙诒让校读此文曰：

> 此文虽有讹互，然大恉止谓闻虎而实无虎，文义甚

31

《四部丛刊初编》影印明嘉靖通津草堂刻本《论衡》

明。……"无据易德",义难通,疑当作"失据惕息",皆形声之误。"不见霍叔",亦谓不见虎。"霍"疑当为"寅"〔《北齐武平元年造像记》"寅"作"霣",与"霍"形相近〕。虎于十二辰属寅,故称寅,犹"临之乾"以"白戌"为白犬也。云"寅叔"者,此书于人名物名通以伯仲叔季俪之,如"姤之屯"称虎为"班叔",即其确证也。(孙诒让《札迻》卷一一)

若此,"霍叔"当正作"寅叔",正是用以代称老虎;反过来看,则以"虎"称"寅"自属当时通行的用法。

《易林》旧题西汉焦延寿（字赣）撰，据余嘉锡先生考订，应为新莽至东汉初年人崔篆撰著（见余嘉锡《四库提要辨证》卷一三）。尽管如此，崔氏所述，自应以西汉时期通行的状况为背景。所以，《易林》的记载足以证明以十二生肖称十二辰应是西汉时期普遍通行的做法。

总括以上论述，可知十二生肖纪年法的源头至迟在春秋时期即已出现，其后历经战国，以迄嬴秦两汉，以十二种特定的动物与十二辰搭配的做法，一直流布于世。

然而，这也只是十二生肖纪年法的源头，而不是它的实际施行。这是因为所谓"十二生肖"只是十二地支的替代；更准确地说，只是子丑寅卯这套符号的替代物。因而十二生肖纪年法的施行，原则上似乎应以甲子纪年法的施行为前提。

甲乙丙丁、子丑寅卯这些天干地支的符号，虽然在甲骨文中即已系统出现，但只是用于纪日，而未被用于纪年，人们在运用干支纪年时，另有一套专业的用语，即以"岁阳"（亦称"岁雄"，即天干）和"岁阴"（即地支）相搭配。譬如，在《史记·历书》中，是用"焉逢摄提格"来表述"甲寅"这个年份，"焉逢"是岁阳，"摄提格"是岁阴。人们有时也单用岁阴亦即地支来表述年份，称之为"岁名"，在《淮南子·天文训》和《史记·天官书》中，我们都可以看到这样一套名目，如称寅年为"摄提格岁"。

在这种情况下，使用十二生肖纪年的可能性虽然也有，但应该很小。

中国古代以甲子纪年，也就是用甲乙丙丁、子丑寅卯这些天干地支符号来表示年份的时间，大致启始于新莽东汉之际，即顾炎武所说以甲子名岁，始于东汉（顾炎武《日知录》卷二〇"古人不以甲子名岁"条）。

在这以前，行用十二生肖纪年法的可能性并不是很大。借用清人赵翼的话来讲，就是"西汉以前，尚未用甲子纪岁，安得有所谓子鼠丑牛耶"（赵翼《陔余丛考》卷三四"十二相鼠起于后汉"条）？

前面我虽然努力追寻了十二生肖纪年法在中国传世文献中的渊源，但这不等于说这种以特定动物与十二辰固定搭配的方法就一定产自中土，包括中国古代天文历法的很多内容，都应该抱持一种开放的态度来加以研究。昔赵翼论十二属相的起源，曾揣测"此本起于北俗，至汉时呼韩邪款塞，入居五原，与齐民相杂，遂流传入中国耳"（《陔余丛考》卷三四"十二相鼠起于后汉"条），所说虽未必能够具体落实，但这种研究的态度和取向，无疑是我们应当努力效法的。

至于十二生肖纪年法产生或是应用于中国的具体时间，那不是本文所要探讨的问题，需要另行专门阐述。

这十二生肖纪年法，也就是所谓"属相"，不管它是土产的，还是外来的，我们在生活中能做的，都只是壮起鼠胆来过这个马上就要到来的鼠年。

2020 年 1 月 24 日记于己亥岁末

追随孔夫子 复礼过洋年

　　小时候政治学习，大批判是常设的主题。记得当时正在批判林彪，不知为什么拉来孔夫子陪绑，把大成至圣先师匹配在一介武夫的后边，挂出的横幅，名曰"批林批孔"。一定要给这种怪事儿找个解说的道理，那么，林彪曾叫人抄写了一句孔子讲的"克己复礼为仁"，就是这两位古今人物之间的重要联系。

　　孔夫子具体要"复"哪些"礼"，不仅当时我一个小孩子根本不明白，现在读书读了这么多年，知道专门研究相关问题的专家其实也是说不清的。君臣朝野，父子夫妻，这些事关纲常伦理的人间大礼自不必说，其实就连怎么过年过日子这样的岁时节序也不易叙说清楚。

　　不过致礼必依岁时，礼在岁时中。孔子曰："夫礼，先王以承天之道，以治人之情"，又曰："夫礼，必本于天"（《礼记·礼运》），而岁时乃天道、天则的具体体现，故明礼必知岁时，岁时固然是礼的构成内容之一。

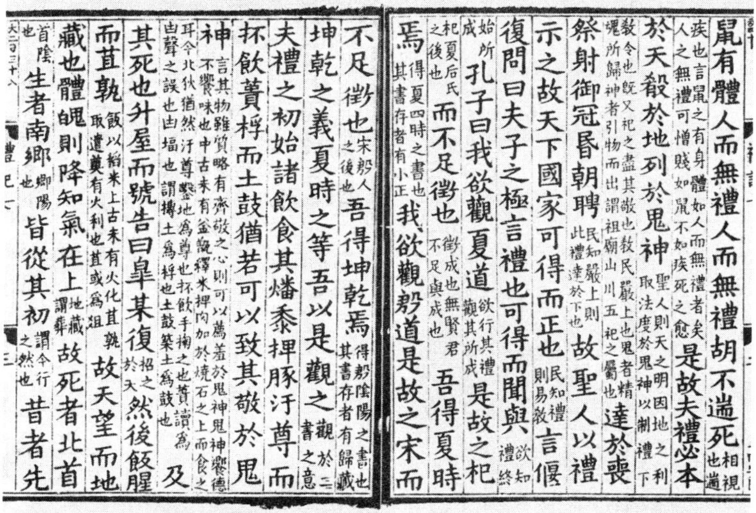

鼠有體人而無禮人而無禮胡不遄死相視也遄疾也言鼠之有身體如人而無禮者矣人之無禮可憎賤如鼠不如疾死之愈是故夫禮必本於天殽於地列於鬼神聖人則天之明因地之利取法度於鬼神以制禮下教令也既又祀之盡其敬也教民嚴上也鬼者精魄所歸神者引物而出謂祖廟山川五祀之屬也達於喪祭射御冠昏朝聘民知嚴上則此禮達於下也故聖人以禮示之故天下國家可得而正也民知禮則易教言偃復問曰夫子之極言禮也可得而聞與欲知禮終始所成孔子曰我欲觀夏道欲行其禮觀其所成是故之杞杞夏后氏之後也而不足徵也徵成也無賢君不足與成也吾得夏時焉得夏四時之書也其書存者有小正我欲觀殷道是故之宋而不足徵也宋殷人之後也吾得坤乾焉得殷陰陽之書也其書存者有歸藏坤乾之義夏時之等吾以是觀之觀於二書之意夫禮之初始諸飲食其燔黍捭豚汙尊而抔飲蕢桴而土鼓猶若可以致其敬於鬼神言其物雖質略有齊敬之心則可以薦羞於鬼神鬼神饗德不饗味也中古未有釜甑釋米捭肉加於燒石之上而食之耳今北狄猶然汙尊鑿地為尊也抔飲手掬之也蕢讀為凷聲之誤也凷堛也謂摶土為桴也土鼓築土為鼓也及其死也升屋而號告曰皋某復招之於天然後飯腥而苴孰飯以稻米上古未有火化苴孰取遣奠有火利也苴或為俎故天望而地藏也體魄則降知氣在上地藏謂葬故死者北首首陰也生者南鄉鄉陽也皆從其初謂今行之然也昔者先

清嘉庆张敦仁影宋刻本郑玄注《礼记》

　　所谓"复礼"，当然是要恢复旧日行过的礼。当门徒子游问询"夫子之极言礼也，可得而闻与"的时候，孔子答复说："我欲观夏道，是故之杞，而不足征也，吾得夏时焉。我欲观殷道，是故之宋，而不足征也，吾得坤乾焉。坤乾之义，夏时之等，吾以是观之。"（《礼记·礼运》）

　　我理解，子游向孔子问询的内容是："你为什么那样极力称道所谓'礼'，能不能跟我说说这'礼'指的究竟是什么？"孔子回答说："我想知晓夏道，所以到杞国去了解，但无法得到足以征信的文献，我只是得到了关于夏时的载籍；我想知晓殷道，所以到宋国去了解，但也无法得到足以征信的文献，我只是得到了关于坤乾的载籍。坤乾所蕴含的义理，夏时所体现的伦次，我就通过这些来认识当时的'礼'。"

　　这告诉我们什么？它告诉我们，在孔夫子看来，所谓"夏时"，是有其独特之处的，而且与他在春秋时期所尊奉的"周时"有着很大的不同。太史公司马迁在《史记·夏本纪》篇末专门讲到了这件事儿，他说："孔子正夏时，学者多传《夏小正》云。"这"孔子正夏时"，是说孔子判定、辨明、厘正"夏时"的意思，应是直接承应《礼记·礼运》上述记载而来，而"学者多传《夏小正》云"，是说人们普遍认为，在后世学者中间传布的《夏小正》，就应该是孔子辨明的"夏时"。

　　这《夏小正》，现在保存在《大戴礼记》当中，是《大戴礼记》的一篇。《夏小正》的内容，相当简单，只是逐一列举一年之内各个月份所对应的星宿、物候以及相应的农事活动。

也古字麗與離通離羣即麗羣歟

沅曰失傳也

沅曰失傳也

沅曰失傳也初昏辰伏則參旦中矣

沅曰内火者大火大火也者心也

沅曰周禮司爟掌行火之政令季春出火季秋内火管

子曰春爨以羽獸之火夏爨以毛獸之火秋爨以介蟲

之火冬爨以鱗獸之火中央爨以倮蟲之火

沅曰月令是月鴻雁來賓詩氾沱律楄曰天霜樹落葉面

清乾隆刻"经训堂丛书"本毕沅《夏小正考注》

但有意思的是，最后两个月，也就是十一月和十二月，与前面十个月不同，缺少与之对应的星宿，只列有物候与农事。这种首尾参差的情况，相当怪异。

近若干年来，陈久金等学者解释说，《夏小正》中十一月和十二月的内容，俱属后人添加，其原始面貌，应是只有匹配有星宿的那十个月，即大体相当于西南彝族过去使用过的十月太阳历，每月三十六天，余下的五六天零头是过年的节日。

使用太阳历的人，过的自然是太阳年，这就是现在我们使用的公历所依循的回归年（它是基于地球环绕太阳一个周期所经历的时间长度）。

明白了这一点，我们也才能够具体地理解孔子为什么要那么强调"夏时"——因为这种"夏时"与西周以后行用的阴阳混合年性质完全不同，也就是说它与孔子当时所行用的历法完全不同；而且严格说来，只有这种太阳年的月份才能同特定的星宿建立确定的对应关系，阴阳混合年的月份由于有闰月的存在则做不到这一点。

所以，即使《夏小正》原本真的就有十二个月，它也只能是和现在的公历大体相同的太阳年的十二个月，而不会是现在大家所熟悉的那种根本不像个年的"中国年"的月份。若是采用宋人王安石的办法在这里妄自"说文解字"的话，所谓"时"者，乃是"日"之"寺"也，它本身表示的就是太阳移徙（即所谓太阳视运动）过程中经行的每一个点（"四时"一词，狭义地说，本来表示的也是太阳视运动一个完整周期中的四个段落）。因而用"夏时"来表述夏人遵行的太阳年，本是合情合理的用法。

后世学者多把孔子所说"夏时"之"时"理解为是把岁首定在哪一个月份，即所谓夏正建寅（如宋邢昺《论语注疏》），而所谓夏、商、周三代建正递相更替流转的传统说法，并不符合历史实际，因此这样的解释也不符合天文规律，只是儒者闭门书斋，妄生的臆解而已。

《论语·卫灵公》记载，当颜渊向孔子讨教治国理政的路线图时，孔夫子说，他是要"行夏之时，乘殷之辂，服周之冕"。这更加清楚地体现出这位吾华先师对太阳年的推崇。原因是这种太阳年才是地地道道的年，年的本义，就是源出于此。前面我们已经谈到，孔夫子以为礼须遵奉天道，"礼必本于天"，而这种太阳年才最合乎天道。

这样，结论很简单，孔夫子"克己复礼"所要过的根本不是什么"中国年"，而是一个地地道道的"洋年"。

2019 年 12 月 27 日晚记

说中秋

　　"司天监"说了，今年的中秋节，是十五的月亮十六圆（这也就是古人不把圆月之日确定为"十五"这一天而只说"望"的道理，月亮的盈缺变化很复杂，不是确定不变的）。所谓"中秋节"，源于赏月，其他的说道儿，都是后来附加的。所以就其实质而言，昨天算不上中秋，今天才是。

　　虽说赏月是中秋这个节日的"本义"，可它不是自古以来就有的。夏商周三代，除了殷纣王，人都至真至朴，不扯这远在天顶上的事儿，当然不会有什么中秋节。秦始皇这家伙虽然很坏，但为了让那些"黔首"，也就是满头黑土的农民给他多种庄稼，搞了套二十四节气，这怎么说也都算是件正事，干正事，也不扯闲事儿。汉武帝一门心思成仙上天堂，当然不会做这种癞蛤蟆偷看凉月亮的傻事儿。连秦皇汉武都没整，后来也就没人再去动这种念头。特别是魏晋南北朝，乱世，苟全性命，都不容易，大秋天的，凉飕飕的西北风直往肚里吹，那感觉，一定很不是个滋味，所以也不会有人伸着脖子去赏什么

藝文類聚目錄

第一卷 天部上
天日月星雲風

第二卷 天部下

第三卷 歲時部上
雪雨霽雷電霧虹

春夏秋冬

第四卷 歲時部中
元正 人日 正月十五日 月晦 寒食
三月三 五月五 七月七 七月十五
九月九

目錄 一

第五卷 歲時部下
社 伏 熱 寒 臘 律曆

第六卷 地部 州部 郡部
地部 地 野 關 岡 巖 峽 石 塵
州部 冀州 揚州 荊州 青州 徐州
兗州 豫州 雍州 益州 幽州
弁州 交州

第七卷 郡部 山部上
郡部 河南郡 京兆郡 宣城郡 會稽郡

上海古籍出版社影印上海图书馆藏南宋绍兴刻本《艺文类聚》
补配之明嘉靖胡缵宗刻本目录

月亮。

等到李家人建立起大唐，国家强大了，所谓饱暖思淫欲，虚头巴脑的花样儿，就慢慢开始多了起来。不过直到玄宗开元年间，还没有"中秋"这个节日。

我怎么知道当时的岁时节令是怎么安排的？看一看大家常用的类书就一清二楚。

在唐代初年编修的《艺文类聚》中，我们看它的岁时部，所列举的节日，"七月十五"下来，就是"九月九"，显然没有"八月十五"的位置。直到开元年间唐玄宗诏命徐坚等纂录《初学记》，其中罗列的岁时节日，仍以"重阳"节上承"七月十五日"，还是见不到中秋的影子。

谈到这一点，必须澄清一个情况，即现在颇有一些论述，以为唐太宗已经确定以"八月十五日为中秋节，三公以下献镜及盛露囊"，并言之凿凿地说此事是出自《唐书·太宗纪》的记载。然而覆案新、旧《唐书》，都没有这样的纪事。检清初编纂的类书《渊鉴类函》，其中正有这样的内容，但这应该是编纂者移录明人彭大翼的《山堂肆考》而出了舛误。盖《山堂肆考》记云"《唐太宗记》'八月十五日为千秋节，三公以下献镜及盛露囊'"（《山堂肆考》卷一二《时令》），《渊鉴类函》承用其旧文而误"千秋节"为"中秋节"。这个"千秋节"是唐玄宗的生日，《旧唐书·玄宗纪》记其事云："（开元十七年）八月癸亥，上以降诞日，宴百僚于花萼楼下。百僚表请以每年八月五日为千秋节，王公已下献镜及承露囊，天下诸州咸令

第四卷　歲時部下　冬第四

元日第一　　　人日第二　　　正月十五日第三
晦日第四　　　寒食第五　　　三月三日第六
五月五日第七　伏日第八　　　七月七日第九
七月十五日第十　重陽第十一　冬至第十二
臘第十三　　　歲除第十四

第五卷　地部上

揔載地第一　　揔載山第二　　泰山第三
衡山第四　　　華山第五　　　恒山第六
嵩高山第七　　終南山第八　　石第九

第六卷　地部中

揔載水第一　　海第二　　　　河第三

台北艺文印书馆影印日本宫内省书陵部藏南宋绍兴十七年（1147）
东阳崇川余四十三郎刻本《初学记》

宴乐，休暇三日，仍编为令，从之。"由"千秋节"到"中秋节"，由"八月五日"到"八月十五日"，辗转讹变的轨迹，清清楚楚，唐太宗李世民的时候，绝没有中秋节一说。

不过大致就是从唐玄宗时期起，这块土地上的居民，开始有了八月十五赏月的习俗。北宋末人朱弁，在《曲洧旧闻》中曾对这一习俗有如下一段考述：

> 中秋玩月，不知起何时。考古人赋诗，则始于杜子美。而戎昱《登楼望月》、冷朝阳《与空上人宿华严寺对月》、陈羽《鉴湖望月》、张南史《和崔中丞望月》、武元衡《锦楼望月》，皆在中秋。则自杜子美以后，班班形于篇什，前乎杜子，想已然也。第以赋咏不著见于世耳。江左如梁元帝《江上望月》、朱超《舟中望月》、庾肩吾《望月》，而其子信亦有《舟中望月》，唐太宗《辽城望月》，虽各有诗，而皆非为中秋宴赏而作。然则玩月盛于中秋，其在开元以后乎？今则不问华夷，所在皆然矣。(《曲洧旧闻》卷八)

南宋初蒲积中著《古今岁时杂咏》，其"中秋"项下载录的诗篇，也符合朱弁讲述的情况（《古今岁时杂咏》卷二九至三二）。

至清末，俞樾在《茶香室丛钞》中，对朱氏所说又有补充论述云：

按:《唐逸史》载罗公远开元中中秋夜侍玄宗于宫中玩月,《天宝遗事》又载苏颋与李乂八月十五夜于禁中直宿玩月,要亦杜少陵同时之事。前乎此者,武夷张宴,曲江观涛,并八月望事,而不言玩月。(《茶香室丛钞》之三钞卷一"中秋赏月"条)

结论,八月十五赏月之事,还是未尝早于唐玄宗开元年间。

那么,这一习俗又是从何而来的呢? 是由于唐玄宗与杨贵妃瑶台月下喜相逢而生发出来的风流韵事吗?

唐文宗时来中国取经的日本和尚圆仁可不这么看,他当时在唐朝文登县一所寺院中了解到的情况是这样的:

(开成四年八月)十五日,寺家设博饦饼食等,作八月十五日之节。斯节诸国未有,唯新罗国独有此节。老僧等语云:"新罗国昔与渤海相战之时,以是日得胜矣,仍(乃?)作节乐而喜舞,永代相续不息。设百种饮食,歌舞管弦以昼续夜,三个日便休。今此山院追慕乡国,今日作节。……"(圆仁《入唐求法巡礼行记》卷二)

这里没有讲赏月,但讲到了和后来的月饼颇有关联的"博饦饼食",更重要的是同在八月十五日,并且"以昼续夜",晚上在月下也搞活动,这一点是确切无疑的,而且节庆的气氛似乎比一般的赏月还要隆重。

这位老和尚所讲故事与八月十五这一节庆的关系，不一定可靠，恐怕有很多演绎的成分。我们在《旧唐书·新罗传》里可以看到，在新罗国的习俗中，八月十五日，是一个固有的重大节日：

> （新罗国）重元日，相庆贺燕飨，每以其日拜日月神。又重八月十五日，设乐饮宴，赉群臣，射其庭。

这里同样没有赏月的内容，但这一节庆之所以会定在八月十五日，显然是与这一特殊的季节和月相直接相关的。

相关历史文献给我们提供的线索虽然还不十分清晰，但却显示出中秋节这一节日来自新罗的可能性是很大的；以唐朝和新罗交往的密切程度来看，发生这样的文化交流，也是合情合理的。在我看来，其传入唐朝之后，发生一定的变异，起初改以赏月为主，同样是既合乎情理又可以理解的。

有些人可能会对这个结论很不喜欢，但这就是我看到的历史。

最后附带讲一句，现在有很多人说，中秋节又称"仲秋节"，这恐怕不大合理。中国古代的春夏秋冬，通常有两个概念。一个是天文概念，古人多称作"四时"，它的精确表述，是用立春、立夏、立秋、立冬这些节气名称来体现时段的划分。这个"四时"与地球绕日的轨道位置是比较严格地对应的，每一年，都基本一致。另一个是大多数民众日常生活中以月份表述的概念，正、二、三月为春，四、五、六月为夏，七、八、九月为秋，十、冬（十一月）、腊（十二月）月为冬。这个"四季"，由于有闰月的原因，每年每月在地球公转轨道上的位置往往会有很大差异。所谓"中秋"，是指后面这一概念体系里"秋"的中间点，而"仲"字"老二"的语义，是不能表述这一内涵的。

2018 年 9 月 25 日凌晨记

话说二十四节气

一 这话从哪儿说起

今天是冬至。冬至就是二十四节气中最重要的一个节气，是个好日子。在中国古代，它是和新年元旦，也就是现在所说的"春节"，具有同等地位的最重大时令节日，很值得说道说道。但现在我在这里"话说"二十四节气，主要并不是因为今天赶上了冬至，而是上个月底二十四节气刚刚"申遗"成功。

在埃塞俄比亚首都亚的斯亚贝巴召开的联合国教科文组织保护非物质文化遗产政府间委员会第十一届常会上，由中国政府申报的"二十四节气——中国人通过观察太阳周年运动而形成的时间知识体系及其实践"，经审议，被列入联合国教科文组织人类非物质文化遗产代表作名录。

虽然"申遗"成功了，但大家真的了解二十四节气吗？随着各种媒体纷纷报道，广大普通民众产生了进一步了解二十四节气的愿望。

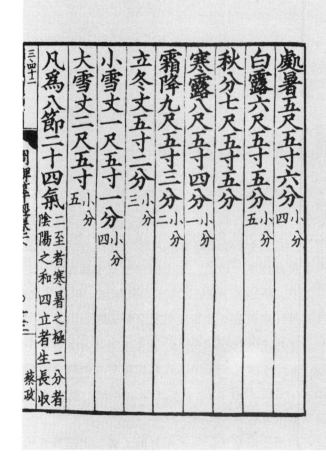

処暑五尺五寸六分 小分四

白露六尺五寸五分 小分五

秋分七尺五寸五分

寒露八尺五寸四分 小分一

霜降九尺五寸三分 小分二

立冬丈五寸二分 三 小分

小雪丈一尺五寸一分 小分四

大雪丈二尺五寸 五 小分

凡为八节二十四气 阴阳之和 四立者生长收
二至者寒暑之极 二分者

三四十二

用甲子四卷之八

蔡政

"中华再造善本"丛书影印上海图书馆藏宋刻本《周髀算经》

50

面对这种情况，为了这些想多了解相关知识以丰富自己人生的普通民众，为了在座的各位因求取真知才来上学的同学，下面就来简单谈谈我所知道的有关二十四节气的一般知识，以及我本人对其中一些问题极为粗浅的看法。这里面一定会有不对和不完善的地方（需要说明的是，由于时间所限，也无法在此一一展开所有相关的问题），希望得到各位的批评。

二 二十四节气本来的通称叫什么

大家现在都听惯了"二十四节气"这个说法，但这并不是它最早的称呼，甚至在古代社会里一直算不上一种严谨的称谓。历史上把这二十四个"节气"合在一起，最早的通称，更多的是叫作"二十四气"。隋唐以前，初无"二十四节气"的叫法，宋元间偶一见之，明清以后虽有更多一些人采用这一说法，但仍然不能说是一种很普遍、很严谨的用法，正规而且专业的用语，可以说一直是"二十四气"。

在大约成书于汉武帝后期的《周髀算经》中，对"二十四气"有如下记载：

> 凡八节二十四气，气损益九寸九分、六分分之一，冬至晷长一丈三尺五寸，夏至晷长一尺六寸。问次节损益寸数长短各几何？
>
> 冬至晷长一丈三尺五寸。

小寒丈二尺五寸。

大寒丈一尺五寸一分。

立春丈五寸二分。

雨水九尺五寸三分。

启蛰八尺五寸四分。

春分七尺五寸五分。

清明六尺五寸五分。

谷雨五尺五寸六分。

立夏四尺五寸七分。

小满三尺五寸八分。

芒种二尺五寸九分。

夏至一尺六寸。

小暑二尺五寸九分。

大暑三尺五寸八分。

立秋四尺五寸七分。

处暑五尺五寸六分。

白露六尺五寸五分。

秋分七尺五寸五分。

寒露八尺五寸四分。

霜降九尺五寸三分。

立冬丈五寸二分。

小雪丈一尺五寸一分。

大雪丈二尺五寸。

凡为八节二十四气【孙吴赵爽注：二至者寒暑之极，二分者阴阳之和，四立者生、长、收、藏之始，是为八节。节三气，三而八之，故为二十四】，气损益九寸九分，六分分之一【损者，减也。破一分为六分，然后减之。益者，加也。以小分满六得一，从分】。冬至、夏至为损益之始【冬至晷长极，当反短，故为损之始。夏至晷短极，当反长，故为益之始。此爽之新术】。[1]

《周髀算经》是中国古代算术典籍之祖。但在这里，我们毋须理会上面讲的对各个"气"日影长度（晷长）的具体算法，只知道它与地球公转处于轨道上不同位置时所造成的日影长短周期变化有关就行了（当然同时还要知道，所谓"二十四节气"也是基于地球在公转轨道上的位置变化而确定的）。问题的关键，是在《周髀算经》这部书中，把我们熟知的"二十四节气"称作"二十四气"。后来在《汉书·律历志》和《续汉书·律历志》中，同样可以见到相同的称谓[2]。这清楚地向我们表明，所谓"二十四节气"，是由"二十四气"演化而来的一种说法。

---

1 《周髀算经》（北京，中华书局，1963、钱宝琮等校点《算经十书》本）卷下，页 63—65。
2 《汉书》（北京，中华书局，1962）卷二一下《律历志》下，页 1001。晋司马彪《续汉书·律历志》下，见《后汉书》（北京，中华书局，1965）志第三，页 3077—3079。

那么，这个"二十四气"的"气"字，指的又是什么呢？较《周髀算经》稍早，在汉武帝建元二年（前139）之前已经成书的《淮南子》中[1]，是把这"二十四气"称作"二十四时"。在逐一载录冬至以下"二十四时"之前，《淮南子》首先总述云：

> 日行一度，十五日为一节，以生二十四时之变。[2]

两相对照，此"二十四时"自然是指"二十四气"无疑。若是依据所谓"右文说"（亦即右侧声符兼具表意功能）的原理，妄自说文解字的话，不妨以声释义，"时"者乃可谓之曰"日"之"寺"也，也就是以"时"来表示太阳经行的各个廷舍。就其动态过程而言，则如《白虎通义》所云："时者，期也，阴阳消息之期也。"[3] 按照这样的思路，可见"时"清楚地表明了地球围绕太阳公转所造成的周期变化。当然，对于古人来说，他们实际感知的是太阳环绕地球视运动的周期变化。

所谓"地球围绕太阳公转所造成的周期变化"，最便于帮助大家理解的，是地球公转所造成的四季循环变化，而古人本来惯称四季为"四时"，甚至多单以"时"字通谓春、夏、

---

1 《史记》（北京，中华书局，2014）卷一一八《淮南衡山列传》，页1746。《汉书》卷四四《淮南王传》，页2145。

2 《淮南子·天文训》，据何宁《淮南子集释》（北京，中华书局，1998）卷三，页213—218。

3 汉班固《白虎通义·四时》，据清陈立《白虎通疏证》（北京，中华书局，1994）卷九，页429。

秋、冬四季。明白了这一点，也就很容易理解，"冬至"等"二十四时"，实际上是指地球公转周期中的二十四个时段，犹如"四时"是四分这一周期同样的道理。那么，显而易见，不管是称"时"，还是称"气"，或者是像现在一样称"节气"，都不过是表示这些时段的刻度而已。人们把"二十四时"称作"二十四气"，或许是借用"气"字"呼吸"的语义，以示太阳视运动的节律。

虽然说叫什么都只是个符号而已，而且很多专名在历史的流动过程中往往都会发生改变，约定俗成也就好了，但了解到"二十四节气"早期的通行叫法，我们再阅读一些严肃的学术论著或是严谨的介绍性文章时[1]，就不必为你可能还很陌生的"二十四气"这一名称感到诧异了。在座的同学，要是毕业以后当了编辑，也就不会因自己的无知而去妄改作者文稿中原本正确的写法。更为重要的是，只有先知道了"二十四气"，才能清楚知悉，为什么它后来又被一些人称作"二十四节气"。也才会明白，"二十四节气"的说法，实际上并不十分合理。而由此进一步深入探究，我们才能清楚地认识"节气"之"节"所表征的天文含义，从而更加清楚地把握"二十四节气"的由来及其形成过程。

---

[1] 如陈遵妫《中国天文学史》（上海，上海人民出版社，2006）第六编第一章第三节《二十四气》，页990—992。

三 二十四节气是怎样逐步完善的

据《史记·历书》记述，汉武帝在太初元年改历的诏书中曾经讲道："盖闻昔者黄帝合而不死，名察度验，定清浊，起五部，建气物分数。"[1] 这里讲的，都是制作历书的事。曹魏时人孟康注释说，"建气物分数"之"气"，指的就是"二十四气"，而"分，历数之分也"[2]。孟康的解释，不一定十分准确，下面我们还要讲到，"二十四气"的应用，未必是率先施之于历书，当然，要是把孟康所说的"历数"理解为日月星辰的运行规律和进度，倒也没什么问题。简单地说，结合孟康的疏释，可以知悉，汉武帝刘彻以为是由黄帝创制了"二十四气"。如前所述，在汉武帝建元二年之前淮南王刘安率同门下宾客编著的《淮南子》一书中，已经载录了完整的"二十四时"，也就是"二十四气"，故当汉武帝颁布这一诏书时，自已先有"二十四气"无疑。然而能不能像汉武帝一样把"二十四气"的产生时间上溯到五帝之首的黄帝时期，却还要依据可信的历史文献加以考索。

（一）由二分二至到八节

刚才一开始我就说，在所谓"二十四气"当中，最重要的一个节气是冬至，地位稍次一点儿，但几乎可以与之并列的，还有夏至、春分和秋分四气，合称"二分二至"。简单地说，

---

1 《史记》卷二六《历书》，页 1505。
2 《史记》卷二六《历书》南朝宋裴骃《集解》，页 1505—1506。

假如画一个圆圈来表示地球公转轨道，再在上面标示"二十四气"这一完整循环序列中诸气的前后位置关系的话，那么，我们可以看到，二分二至这四气之间依次间隔都是90°。下面我再具体讲述，实际上它们是处在四个具有特别意义的重要位置上。由于地位重要，二分二至也最早见诸历史文献的记载。

在现有的传世典籍中，《尚书·尧典》最早记录了春分、夏至、秋分、冬至四气，不过具体的名称和后世不同，当时是将其分别称为日中、日永、宵中、日短。这是"二十四气"形成的初始阶段。

《尧典》原文如下：

> 分命羲仲，宅嵎夷，曰旸谷。寅宾出日，平秩东作。日中星鸟，以殷仲春。……
>
> 申命羲叔，宅南交，平秩南讹，敬致。日永星火，以正仲夏。……
>
> 分命和仲，宅西，曰昧谷。寅饯纳日，平秩西成。宵中星虚，以殷仲秋。……
>
> 申命和叔，宅朔方，曰幽都。平在朔易，日短星昴，以正仲冬。[1]

---

1 《监本纂图重言重意互注点校尚书》（上海，商务印书馆，民国《四部丛刊初编》影印吴兴刘氏嘉业堂藏宋椠本）卷一《尧典》，页 1b—3a。

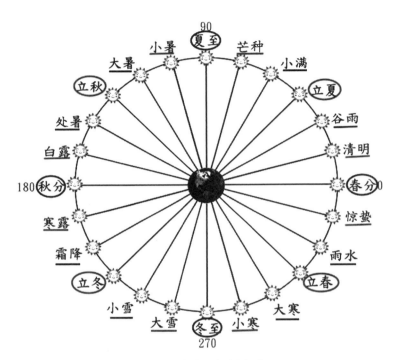

二十四节气位置关系示意图

在这段记载中，最为关键的是"日中星鸟，以殷仲春""日永星火，以正仲夏""宵中星虚，以殷仲秋"和"日短星昴，以正仲冬"这几句话。现代学者一般认为，所谓"日中星鸟""日永星火""宵中星虚"和"日短星昴"，是分别讲春分、夏至、秋分、冬至四气在太阳初昏时所对应的"中星"，而所谓"中星"，是指二十八宿逐次运转过程中在每天的一个特定时刻行至中天南方的星宿。当然，对应于后来春分、夏至、秋分和冬至的专门术语，分别为日中、日永、宵中和日短。

由于"岁差"（指地球自转轴指向的长时段周期变化）的原因，二十八宿等恒星相对于大地上观测者的位置，实际上是缓慢移动的。也就是说，在漫长历史时期的不同时点，像春分、夏至、秋分、冬至诸气所对应的"中星"，是不断推移变动的。所以，我们也可以根据上述各个不同时刻的"中星"与现代同一时点"中星"相差的度数，反过来推求上述"中星"实际存在的年代。只是由于文献记载不十分具体（或许当时也做不到精准地对应于实际日期），学者们解读各异，对此有种种不同看法。比如有人认为是公元前2400年前后亦即尧舜时代的天象，另有人认为是公元前2000年前后夏代的天象。较此年代更晚的推测，如中国学者竺可桢认为是殷末周初的天象，日本学者饭岛忠夫认为是战国初年的天象，等等。

有意思的是，本世纪初，考古工作者在对山西陶寺早期文明遗址的发掘工作中，发现一个半圆形夯土基址，带有十三个夯土柱，夯土柱间夹着十二道狭缝，各个狭缝朝向同一个

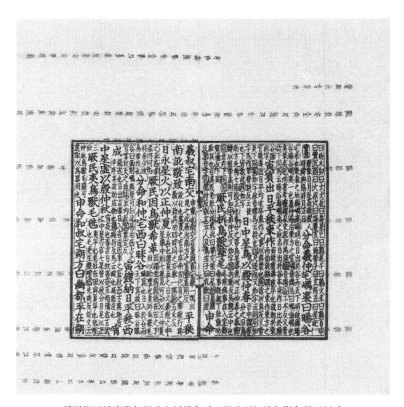

傅增湘以清康熙年间公文纸搭印《四部丛刊初编》影印吴兴刘氏
嘉业堂藏宋栞本《监本纂图重言重意互注点校尚书》

观测中心点。通过实际验证，发现其中部分狭缝可以观测到冬至、夏至和春分、秋分时刻初升的太阳。据说有些考古学家对这一遗存的实际状况及其功能还有不同看法，需要慎重对待。假若其作为天象观测遗址的性质得以确认，则正好可以与《尚书·尧典》的记载相互印证，说明"二十四气"的渊源确实相当久远。不过需要注意的是，陶寺观象遗址即使得到确认，现在能够证实的也只是天文意义上的二十四节气的渊源。盖上古文明初始之际，先民用历的具体情况，很可能和进入文字记载时期以后存在很大差异，或许是另外一种知识体系，不宜简单地将其与二十四节气挂钩，还需要做很多深入的研究。

在这之后比较清楚的历史文献记录中，《左传》有过两次"日南至"的记载：一是僖公五年（前655）"春，王正月辛亥朔，日南至"，一是昭公二十年（前522）"春，王二月己丑，日南至"[1]。所谓"日南至"，也就是太阳环绕地球视运动行至冬至点（实际上是地球公转运行至冬至点），这确切无疑地表明，在鲁僖公时代，对"二十四气"中最为重要的"冬至"这一时点做过实测（案《左传》所记"正月"是采用所谓"周正"，亦即以"夏正"——现在阴历的十一月为正月）。

《左传》在记述鲁僖公五年这次对冬至点的实测后，紧接着记述说："公既视朔，遂登观台以望。……凡分、至、启、

---

[1] 晋杜预《春秋经传集解》（上海，上海古籍出版社，1988）卷五，页251；又卷二四，页1446。

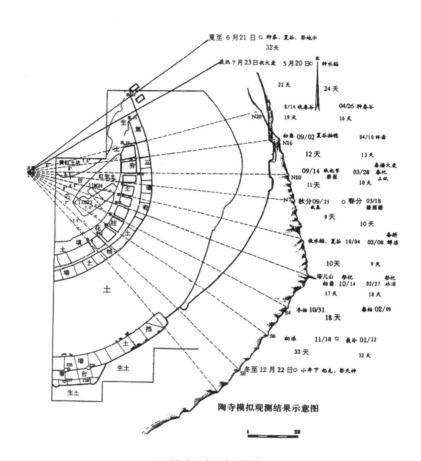

陶寺模拟观测结果示意图

山西陶寺远古天象观测遗址

闭，必书云物，为备故也。"晋人杜预用当时通行的节气术语解释这里所说的"分""至"，是指前面谈到的二分二至，"启"是立春、立夏，"闭"是指立秋、立冬[1]。二分二至，再加上这春、夏、秋、冬"四立"，于是出现了一个将它们合称为"八节"的术语，这也就是前引《周髀算经》"八节二十四气"中的"八节"。从前面引文中可以看出，孙吴时人赵爽对"八节"包含具体节气的解释，与杜预阐释的分、至、启、闭的概念完全相同。

《左传》昭公十七年记载，郯国君主郯子在讲述少昊氏所设置的历官时讲道："凤鸟氏，历正也；玄鸟氏，司分者也；伯赵氏，司至者也；青鸟氏，司启者也；丹鸟氏，司闭者也。"[2]这里的"分""至""启""闭"，和《左传》鲁僖公五年讲到的一样，是指二分二至和四立这"八节"。所谓"少昊氏"设置历官的说法虽然未必可信，但郯子的这段话，反映出在春秋时期以前，对上述分、至、启、闭"八节"，应该有比较清楚、准确的认识。可以说，分、至、启、闭匹配为一体的"八节"是二十四节气中最重要的八个节气，其形成的时间，仅略次于独立出现的二分二至。

在二分二至的基础上，很快就形成"八节"这一套体系，应该说是很自然的事情。

---

1 晋杜预《春秋经传集解》卷五，页251。
2 晋杜预《春秋经传集解》卷二三，页1420—1421。

　　首先，二分二至虽然是太阳环绕地球视运动过程中具有转折意义的四个最为关键的时点，但由于气温的大幅度改变本身就需要积累一段时间，再加上海陆位置和地形、地貌等因素的影响，地球接受太阳光照的转折性变化通常并不能同步改变地面上特定地点的温度；换句话说，某一地点的气候变化以及直接受此制约的季节转换，往往要比太阳视运动位置的变化滞后。由于特定地点在一年之中气候变化的总体趋势和季节的转折，从根本上说，毕竟是受制于太阳视运动位置这一天文因素，因而需要从这一天文角度对四季的转换做出界定。

　　立春、立夏、立秋、立冬这"四立"节气，就是从天文角度定立的春、夏、秋、冬四季的开始时间。古人多称一个太阳年中完整的四季为"四时"（这与从太阴年一年十二个月划分出来的春夏秋冬四季完全不同。这种四季与月份完整对应，即一、二、三月为春季，四、五、六月为夏季，七、八、九月为秋季，十、十一、十二月为冬季），并以春时为四时之始，故立春这一节气的开启时间，同时也是一岁四时的开始时间，故司马迁称"立春日，四时之始也"，并将这一天同冬至和正月元旦并列为一年当中最为重要的几个启始时点[1]。

　　《史记·律书》又称"八节"为"八正"，并且以这样的语句，描述了"八正"在历法中的重要地位："律历，天所以通

1　《史记》卷二七《天官书》，页 1596—1597。

五行八正之气，天所以成孰万物也。"[1] 在银雀山汉墓出土的西汉元光元年（前 134）历谱上，就连二分二至当中的春、秋二分都没有标注，却着意记明了立春、立夏、立秋[2]。按理说本来应是同时并列包含"立冬"在内的"四立"，考古发掘到的简文，疑因残损而有所缺落。这些情况，都清楚显示出当时人对这四个标示四时起始时间节气的重视。

以上所说，就是"四立"产生的根本原因。另一方面，如前所述，二分二至在地球公转轨道上逐次相间 90°，若仅仅以此四个时点来反映地球公转周期各个不同时段的特征，间隔太过疏阔，而所谓"四立"实际上就是在二分二至各个节气之间的中间位置上插入的四个时点。不言而喻，如果同样用前面说过的圆圈来表示地球公转轨道而在上面标示"八节"各点的话，这"八节"之间便是逐次间隔 45°。换句话来讲，"八节"也就是"八段"，是地球公转周期上的八个等分时段。尽管还不够详密，但已经可以应付一段时间。毋庸赘言，这样机械的划分，当然不能精准地切合各地的寒暑冷暖变化，只能是与中原地区的情况大致相符而已。

在战国末年吕不韦组织门下宾客撰著的《吕氏春秋》一书中，以立春、日夜分（案即春分），立夏、日长至（案即夏至），立秋、日夜分（案即秋分），立冬、日短至（案即冬至）

1　《史记》卷二五《律书》并唐张守节《索隐》，页 1483—1485。
2　吴九龙释《银雀山汉简释文》（北京，文物出版社，1985）之《元光元年历谱》，页 233—236。

的称谓，逐次排列上述"八节"。这说明直到秦统一全国之前，社会上仍然通行这种"八节"之制。需要注意的是，这"八节"的具体名称，仍与后来的节气名称不尽相同，显示出发展过程中的特征。

（二）十二节与二十四气

在这之后，究竟是什么时候出现和今天见到的一样完整的二十四节气，历史文献中没有清楚记载。直到目前为止，研究者所知明确载录二十四节气的史料，是在《淮南子·天文训》中，第一次见到了这一整套节气的名称（前面已经谈到，当时还没有"二十四节气"的叫法，是统称为"二十四时"），不仅具有全部二十四节气，而且各个具体节气的名称已经与现在看到的完全相同。如前所述，这大致是汉武帝建元二年亦即公元前139年之前一小段时间内的事情。

在这种情况下，天文历法史研究者对"二十四节气"这一体系完整形成的时间，说法不一。有人认为"一年分为二十四气，大概是前汉初年以后"[1]；另有人认为是在战国时代，还有人认为是在秦汉之际，但谁都没有提出比较直接的证据[2]。或者如竺可桢等，只是很宽泛地表述说："降及战国秦汉之间，遂

---

[1] 陈遵妫《中国天文学史》第六编第一章第三节《二十四气》，页990。

[2] 陈久金《历法的起源和先秦四分历》，刊中国天文学史整理研究小组编《科技史文集第1辑：天文学史专辑》（上海，上海科学技术出版社，1978），页20；冯秀藻、欧阳海《廿四节气》（北京，农业出版社，1982），页4—9。

有二十四节气之名目。"[1]

清代开启乾嘉时期纯学术考据研究风气的一代宗师阎若璩，曾经引述过同时人徐乾学说的一段话，乃谓"古人之事，应无不可考者，纵无正文，亦隐在书缝中，要须细心人一搜出耳"[2]。对此，阎氏显然深有同感，因为他本人也曾"再四慨叹，前世之事无不可考者，特学者观书少而未见耳"[3]。这些话给我留下了很深的印象。回顾自己做过的研究，也颇有同样的感慨。研究历史问题，往往就是需要做这样的考据工作。史料中要是都平铺直叙写得一清二楚，那还要我们历史学者干什么？本着这样的认识，下面不妨效法先贤，尝试把二十四节气形成的时间考证得更加清楚一些。

竺可桢等人把二十四节气系统成形的时间定在"战国秦汉之间"，看似缺乏明确的认识，实际上态度最为审慎。只是还可以再具体一些，将有确切文献依据可以判定的形成时间，定在《吕氏春秋》成书以后到《淮南子》成书之前这段时间之内。

在这段时间之内，发生过一个重大事件，就是嬴秦兼并天下之后，对全国各地祠祀"天地名山大川鬼神"的活动进行

1　竺可桢《论新月令》，原载《中国气象学会会刊》1931年第6期，此据作者文集《竺可桢文集》（北京，科学出版社，1979），页141。

2　清阎若璩《潜邱札记》（台北，商务印书馆，1986，影印文渊阁《四库全书》本）卷二《释地余论》，页23b。

3　清阎若璩《四书释地续》，据清樊廷枚《四书释地续补》（清嘉庆丙子秋梅阳海涵堂刻本）之"康"条，页45b。

了一番整顿。秦始皇这一举措的目的，是要与其统一的政治秩序相匹配，使各地的重要祠祀活动，也层级井然，"可得而序也"[1]。

《史记·封禅书》在记述秦廷制定的这一套祠祀制度时，有一条文字引起了我的注意：

> 陈宝节来祠。

东汉人服虔释云："陈宝神应节来也。"[2] 按照服虔的说法，这尊陈宝之神，似乎很守规矩，能够"应节而来"，来了人们就加以祠祀。然而，事实上却恰恰相反，陈宝神何时现身人世，是一件很难捉摸的事情。

《封禅书》中载录其来历与行踪云：

> 作鄜畤后九年，文公获若石云，于陈仓北阪城祠之。其神或岁不至，或岁数来。来也常以夜，光辉若流星，从东南来，集于祠城，则若雄鸡，其声殷云，野鸡夜雊。以一牢祠，命曰陈宝。[3]

---

1 《史记》卷二八《封禅书》，页 1649。
2 《史记》卷二八《封禅书》并南朝宋裴骃《集解》，页 1652。《汉书》卷二五上《郊祀志》上并唐颜师古注，页 1206—1208。
3 《史记》卷二八《封禅书》，页 1635—1636。

《史记·秦本纪》虽然也记载了秦文公获得这一"文石"的事情，但只是简单地记作"十九年，得陈宝"[1]，没有更多的细节，而审其样态，究其实质，应该是天上降下来的一块陨石[2]。看《史记·封禅书》的记述，这尊陈宝之神真的是神出鬼没，行踪玄秘莫测，绝非循循然"应节而来"者，服虔的说法，不过是望文生义而已。

服虔的旧注，既然不足信据，那么，"陈宝节来"讲的到底是什么意思呢？"节来"这个看似简单的词语，给中外学术界造成了很大困扰。长久以来，人们一直都没有弄明白它的具体含义。

《史记·封禅书》下文在讲述对雍地四畤的祭祀时，又一次提到了对陈宝的祠祀行为：

> 唯雍四畤上帝为尊，其光景动人民唯陈宝。故雍四畤，
> 春以为岁祷，因泮冻，秋涸冻，冬塞祠，五月尝驹，及四仲
> 之月祠，若月祠陈宝节来一祠。春夏用骍，秋冬用駵，畤驹
> 四匹，木禺龙栾车一驷，木禺车马一驷，各如其帝色。黄犊

1　《史记》卷五《秦本纪》，页230。
2　顾颉刚《顾颉刚读书笔记》（台北，联经出版事业公司，1990）第七卷下《汤山小记》十七之"陈宝神传说由男性化为女性；陕西陈宝神与河南衡山神相结合"条于鹤年批语，页5533—5535；又第五卷下《法华读书记》三"评谭文语"录于鹤年跋文，页3869。

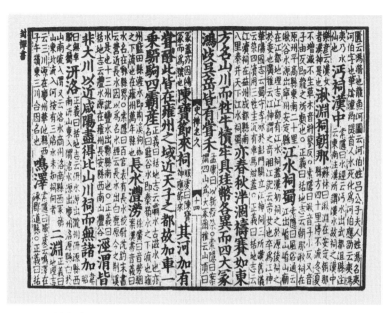

百衲本《二十四史》影印南宋建阳黄善夫书坊刊刻三家注本《史记》

羔各四，珪币各有数，皆生瘗埋，无俎豆之具。[1]

这里说每年四仲之月祠祀四畤，要像每个月祠祀"陈宝节来一祠"一样，就清楚地告诉我们，所谓"节来一祠"，至少每个月内是要举行一次的。这就意味着一年十二月中，应有十二个"节"存在，每月各有一"节"。

谈到这一点，比较熟悉《史记》的人，很容易联想到，司马迁在《史记·历书》中开篇即尝述及所谓"十二节"一事：

> 昔自在古，历建正作于孟春。于时冰泮发蛰，百草奋兴，秭鴂先滜。物乃岁具，生于东，次顺四时，卒于冬分，时鸡三号，平明。抚十二节，卒于丑。日月成，故明也。明者孟也，幽者幼也，幽明者雌雄也。雌雄代兴，而顺至正之统也。日归于西，起明于东；月归于东，起明于西。正不率天，又不由人，则凡事易坏而难成矣。[2]

审视这段内容，可见文中所述都是根据一岁之中周而复始的天

---

1 《史记》卷二八《封禅书》，页 1655。案今中华书局新出点校本《史记》，将上文"及四仲之月祠，若月祠陈宝节来一祠"一句，读为"及四仲之月，祠若月祠陈宝节来一祠"，实质意义与本文标点并无不同，而中华本确定这一句读形式，实系参考敝人意见所定。其具体点定经过以及我的断句理由别详拙作《史记新本校勘》（桂林，广西师范大学出版社，2017）一书。

2 《史记》卷二六《历书》，页 1499。案文中"平明"原文书作"卒明"，校改理由亦请别详拙作《史记新本校勘》。

百衲本《二十四史》影印南宋建阳黄善夫书坊刊刻三家注本《史记》

文规律以制定历法的问题。所谓"抚十二节，卒于丑"，讲的就是岁周四时自然运转的规律。要是能够理解"卒于丑"的"丑"字是什么意思，是很容易理解这一点的。

唐开元年间学者张守节撰《史记正义》，对"抚十二节，卒于丑"这句话解释说：

> 抚犹循也。自平明寅至鸡鸣丑，凡十二辰，辰尽丑又至明朝寅，使一日一夜，故曰幽明。[1]

近人阜宁王骏图、王骏观兄弟著《史记旧注平义》，针对张氏此说考辨云：

> 此十二节卒于丑者，恐指月建而言，不指一日也。盖至建丑之月而岁终，故云卒于丑。若一日则当始于子，不当卒于丑也。[2]

所谓"月建"，亦称"斗建"。关于它的具体含义，还要花费一些笔墨，略加说明。

古代的天文学家，把天赤道带均匀地分为十二等分，称作"星次"，依次是：星纪，玄枵，娵訾（又写作"娵觜"），降

1　《史记》卷二六《历书》唐张守节《正义》，页1499—1500。

2　王骏图、王骏观《史记旧注平义》（上海，正中书局，1947）卷三，页103。

娄，大梁，实沈，鹑首，鹑火，鹑尾，寿星，大火，析木。这天赤道带的十二等分，统称"十二次"。若用十二地支来表示这十二次所对应的方位，则以玄枵次为子，星纪次为丑，析木次为寅……，合称"十二辰"，也就是以一个地支标识一辰。

其实这个"辰"字，在古代表述天体时，本来用以特指恒星，故"十二辰"的本义是指十二个以特定的恒星为标志的天空区域划分，也可以说是一种位置的标志，故《汉书·律历志》谓"辰者，日月之会而建所指也"[1]，更早在《左传》昭公七年（前535）下也有"日月之会是谓辰"的说法[2]，就是把"辰"视作日月运行位置的坐标。

在这十二等分的体系当中，具体哪一个区段属于某星次或是某辰，是依斗柄旋转所指的方位确定，再以一年十二个月份与之匹配。例如，若是匹配于丑之月，即称"建丑"之月。这就是所谓"月建"，也就是上引《汉书·律历志》所说的"建所指也"。

不过每一年启始的正月，其"月建"为哪一辰，并非确定不变。通常以哪一辰为正月，亦称"建某地支"，或可谓之"建某辰"。古人以为，夏人之正月亦即所谓"夏正"系建寅，殷人之正月亦即所谓"殷正"系建丑，周人之正月亦即所谓"周正"系建子；也就是夏人以建寅之月为正月，若是以此月

1　《汉书》卷二一下《律历志》下，页1005。
2　晋杜预《春秋经传集解》卷二一，页1304。

序为基准的话，相比较而言，殷人是以夏历的十二月为正月，周人则以夏历的十一月为正月。汉人实际采用的是夏正，各个月份的排列次序乃始于建寅之月而终于建丑之月，所以《史记·历书》才会有"抚十二节，卒于丑"的说法。明此可知，张守节实暗昧于天文历法，王骏图和王骏观两人的说法才是太史公文的正解。

夏商周时期所谓"三正"与四季诸月对应关系表

	寅	卯	辰	巳	午	未	申	酉	戌	亥	子	丑
夏历	正	二	三	四	五	六	七	八	九	十	十一	十二
殷历	二	三	四	五	六	七	八	九	十	十一	十二	正
周历	三	四	五	六	七	八	九	十	十一	十二	正	二

就十二辰而言，假如依照古代社会上通行的做法，把新年元旦定作春季的开始，那么，一年四季，自然是始于寅而终于丑，但司马迁在这里不称"十二辰"而言"十二节"，实际上是在使用另一套概念。

再来看汉武帝时人董仲舒撰著的《春秋繁露》，亦谓"一岁之中有四时，一时之中有三长，天之节也。……天之分岁之变以为四时，时有三节也。天以四时之选与十二节相和而成岁"[1]。案此"三长"，前人之释《春秋繁露》者一向无解，实则

---

1 汉董仲舒《春秋繁露·三代改制质文》，据清凌曙《春秋繁露注》（清嘉庆乙亥蜚云阁刻本）卷七，页17b。

選也秋者少陰之選也冬者太陰之選也四選之中各有

孟仲季是選之中有選故一歲之中有四時一時之中有

三長天之節也人生於天而體天之節故亦有大小厚薄

之變他本作節 官本按變人之氣也先王因人之氣而分其變以為

四選是故三公之位聖人之選也三卿之位君子之選也

三大夫之位善人之選也三士之位正直之選也分人之

變以為四選選立三臣如天之分歲之變以為四時時有

三節也天以四時之選與十二臣相和而成歲 盧注臣字舊衍脫今校補舊本砥音成就字下舊有

王以四時之選與十二節相致極 就字衍

紙磨石也礪音例砥石也孔安國曰砥細于礪皆磨石也 師古曰砥礪者蓋譬諸金鐵磨利之也細石曰砥黑石曰

礪道必極於其所至然後能得天地之美也

应为"三辰"之形讹，盖一时三辰，即董氏下文所说"时有三节"。是则四时十二辰亦即四时十二节，可见董仲舒与司马迁一样，也是以"十二节"为刻度来体现太阳视运动在一岁四时期间的具体流转过程。

这一说法，很容易让我们想到前面提到的早期八个节气，亦即所谓"八节"。再向前追溯，二分二至，同样可以以"节"相称，譬如班固在《汉书·艺文志》中就有"分至之节"的说法[1]。《汉书·律历志》述及二十四节气时，是将其两两合并，构成十二组，每一组之首，先标以所属的星次，而组内含两个节气，分别以"初""中""终"三字来标识太阳环绕地球视运动亦即地球公转进入这两个节气以及最后出离这一星次时所对应的二十八宿的"距度"[2]，也就是在这三个时点上太阳与二十八宿中某星的相对位置，亦可称为"赤道宿度"。

我推想，《史记·历书》所说的"抚十二节"，指的就是《汉书·律历志》中用十二星次标记的这十二个太阳周年视运动所处的不同区段，而这每一区段的开始，实际上也就是一个节气的开始，所以同样可以用指称二分二至和四立的"节"字来表示这十二个区段。《续汉书·律历志》称"中之始曰节，与中为二十四气"[3]，实际早已点明这一"节"字的含义。另一方

---

1 《汉书》卷三〇《艺文志》，页1767。
2 《汉书》卷二一下《律历志》下，页1005—1006。
3 晋司马彪《续汉书·律历志》中，见《后汉书》志第三，页3058。

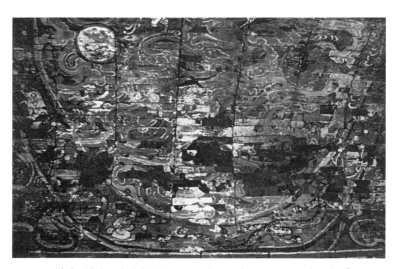

西安市西安交通大学附属小学西汉后期墓室券顶日月二十八宿天象图[1]

1　启功总主编《中国美术分类全集》之《中国墓室壁画全集1：汉魏晋南北朝》（石家庄，河北教育出版社，2011），页21。

面，我们看司马迁自己有时也称"二十四气"为"二十四节"[1]，愈加容易理解所谓"抚十二节"的"十二节"讲的一定是太阳视运动的十二个区段。

每一岁中四时十二节之"节"既然得以证明，那么，《史记·封禅书》中陈宝神"节来"之"节"，也就可以认作是这"十二节"中每一节的起始之点。更具体地说，秦廷隆重祭祀陈宝尊神的"节来"之时，应当是指在四时十二节中每一节开始之际和陈宝神实际降临之时，即所谓"节来祠"应当包括"节祠"与"来祠"两类不同时日的祭祀。若是再具体地将此"十二节"匹配到社会生活中实际应用的月份中去的话，通常每个月内都会存在一个节的开端，这就是人们对陈宝神进行常规祭祀的日子，也是常行的"节祠"。秦人之所以会如此频繁地在四时十二节的每一节中，都要祭祀陈宝之神，大概正是由于"其神或岁不至，或岁数来"，来去飘忽不定，显示出更为诡秘的"神"性。这尊从天上飞来的陈宝之神何时降临凡世，既然无从把握，干脆就顺应天时天节，节至即祀，以示虔敬。当然，一旦横空降临，更要祠祀，这也就是不定期举行的"来祠"。

明了上述情况，就可以理解，《史记·封禅书》讲对待雍地四时"及四仲之月祠，若月祠陈宝节来一祠"，就是说在仲春、仲夏、仲秋、仲冬这四个月祠祀这四时的时候，要像每个

---

1 《史记》卷一三〇《太史公自序》，页3995。

月内当十二节各节开始的时候和陈宝神降临的时候对陈宝的祠祀一样从事其事。

花费很多笔墨考述对"陈宝"的祠祀时间，意在说明在秦统一全国之后，就又在春秋战国时期"八节"的基础上，出现了"十二节"的划分。那么，"十二节"是直接从"八节"演变而来的吗？情况未必如此。

前面我们已经讲过，要是用一个圆圈来表示地球公转轨道的话，二分二至四点之间逐次间隔90°，"四立"各点依次等分上述四点间的间隔，从而构成了所谓"八节"，这也是后来二十四节气中最为重要的八个节点。因而，从后来二十四节气的实际情况来看，在此基础上向二十四节气的演变，只能是进一步细分已有的"八节"，也就是在"八节"之间均匀地插入其余各个节气。

可是，在"八节"的基础上先均匀地插入四个节气以形成"十二节"，再把"十二节"各节一分为二而成二十四节气，却是根本不可能的。因为若是在"八节"之间各插入一个节点，则成十六节气；若插入两个节点，即为二十四节气。

前面已经谈到，《汉书·律历志》以星次标记的十二个时间间隔，应该就是《史记·历书》所讲的"十二节"，而这"十二节"中的每一节，里面包含二十四节气中的两个节气，其中前一节气启始的时刻，也就是"十二节"中这一节的开始时间。然而二分二至这四个最为重要的节气，却不在每一节的开头，而是开启于这一节的中间。这也就清楚地表明，绝不可能是由春秋战国以来的"八节"直接演进成为秦汉时期通行的"十二节",因为这样一来就淹没了至关重要的二分二至,特别是高居首位的节气"冬至"。这是非常不合乎情理的事情。

换一个思路,我们可以看到,前面引述的《周髀算经》,附有孙吴时人赵爽的注释,乃谓若以业已存在的"八节"为前提,在此基础上,"节三气,三而八之,故为二十四"。按照这一思路,我们可以把"二十四节气"看作是在已有"八节"的基础上,再在每两节间均匀地插入两节,于是就构成了完整的二十四节气(在清朝采用《时宪历》之前,二十四节气一直采用二十四等分回归年长度的"平气"。这是先设定太阳环绕地球视运动一周的轨迹为一圆周,然后再等而分之,使二十四节气之间的角距离等同)。这虽然没有什么直接证据,却非常合乎情理。

有了二十四节气,再将其两两组合,组成前面讲到的"十二节",就是一件很容易的事情了。至于为什么非要组合成"十二节"不可,这首先是要与前面提到的"十二星次"或"十二辰"匹配,每星次或每辰对应一节,便于表述每一节期间内太阳视运动在天空所处的位置。同时,这"十二节"也便于同历书中的十二月份相联系。

假如上述推论不谬,那么,所谓"二十四节气",就应该是在秦始皇二十六年(前221)一统天下之后,作为"一法度"的措施之一而在"八节"基础上推衍定立的一种新的节气体系,其在历法上的变革,并不只是"改年始,朝贺皆自十月朔"(也就是把每年的开头定在十月）而已。而所谓年始十月，不过行用至汉武帝元封年间，二十四节气却一直沿用到了今天，算是顺天应人，做了一件既有益于当时，也施惠于后世的好事。

这样的结论，虽然没有明确的史料依据，但核诸当时的历史情况，却比较合乎情理。盖吕不韦率人写成载录"八节"的《吕氏春秋》未久，嬴政即以血腥的暴力征服六国，而秦室覆亡之际，项羽"烧秦宫室"，以致"火三月不灭"[1]，此前刘邦率军先入咸阳的时候，虽有萧何"先入收秦丞相御史律令图书藏之"，刘邦赖此得以"具知天下阨塞，户口多少，强弱之处，民所疾苦"[2]，但除此与国计师旅、财富民生直接相关的"丞相御史律令图书"之外，刘邦和萧何自无暇亦且无力——护惜，所以经项羽焚烧之后，能够留存下来的嬴秦一朝载记当十分有限（案前人论历史时期的典籍聚散，似皆未曾留意项羽焚烧秦宫这项重大事变，实一缺憾），传世史籍缺失秦廷颁行二十四节气之制的记述，自在情理之中。

过去我的老师黄永年先生论《史记·秦始皇本纪》，以为在秦始皇二十六年"初并天下"前后详略差异悬殊，乃此前多依据秦人国史《秦纪》，其后则多增书司马谈与司马迁父子得自其他渠道的记载或是传闻[3]，正说明秦统一天下以后的很多举

---

1 《史记》卷七《项羽本纪》，页402。
2 《史记》卷五三《萧相国世家》，页2446。
3 题史念海著《考古发掘和历史研究》，刊《秦俑馆开馆三年文集》（临潼，秦始皇兵马俑博物馆，1982），页5—6。案此文系黄永年先生代史念海先生撰写。

措，在其国史官旧籍中本来就缺乏详明的记载。况且星历之术乃所谓"圣人知命之术也，非天下之至材，其谁与焉"[1]，大多数人对这种专门的技术缺乏了解，从而也就愈加容易在这种社会变故中失传。

从另一方面看，若是西汉初年始定立这一体制，那么，司马迁身隶天文世家，对此应有清楚了解，并在《史记·历书》等处予以明晰记录。今天我们在太史公笔下既然未能看到这样的内容，也就说明这套二十四节气制度最有可能是从前朝承袭而来。

需要指出的是，成为"二十四节气"之后的"节气"数目，也符合秦廷"数以六为纪"的基本原则。除了大家熟知的"符、法冠皆六寸，而舆六尺，六尺为步，乘六马"之外[2]，都城咸阳跨越渭河的横桥，也是"广六丈"[3]。就像秦始皇分天下为三十六郡，其数目是"六"的六倍一样，"二十四气"的数目乃是"六"的四倍；合并组合二十四节气形成的"十二节"，则如同秦始皇销毁天下兵器铸为"金人十二"，"徙天下豪富于咸阳十二万户"一样[4]，其数为"六"的两倍——"二十四气"和"十二节"都是"六"的倍数。相比较而言，"八节"的数

<hr>

1　《汉书》卷三〇《艺文志》，页 1767。
2　《史记》卷六《秦始皇本纪》，页 306。
3　北魏郦道元《水经·渭水注》引《三辅黄图》，据清王先谦《合校水经注》（北京，中华书局，2009，影印清光绪十八年思贤讲舍原刻本）卷一九，页 287。
4　《史记》卷六《秦始皇本纪》，页 307—308。

目，则与"六"无关。

四 二十四节气的性质和功用到底是什么

在上面的论述中，为叙述方便，我尽量回避了二十四节气的性质和功用问题，但二十四节气的形成过程，实际上是与其性质和功用紧密相连的，不讲清楚它的性质与功用，其实也很难清晰地说明它的形成过程。

现在，"申遗"成功了，各种官媒努着劲儿宣传，欢天喜地，不亦乐乎。乐则乐矣，可免不了有些喜欢自己动脑子思索的人也会被弄得晕头转向：这么多年，不管三八二十四哪一个节气管什么用，也好好地活过来了，难道没有这二十四节气，二十四节气没有"申遗"或是"申遗"没有成功，就不能好好活了？再说，那些没有二十四节气的国家，人也活得好好的，在今天，难道真的还有些什么事儿非靠它来办不可？

关于这一问题，需要分成两个大的层次来看：第一个层次，是二十四节气在中国古代首先是用来干什么用的，它在产生之后又增加了哪些功用；第二个层次，是二十四节气在今天还有什么用，是不是非有它不可。

首先来看第一层次的问题。我们已经知道，二十四节气中最先产生的是二分二至，而二分二至从其名称上就可以清楚地看出，它是在标示太阳视运动，也就是地球在公转轨道上所处的几个特殊而又重要的位置：冬至时太阳视运动移至阳光直射南回归线的位置；夏至时太阳视运动移至阳光直射北回归线的位置，春、秋二分时太阳视运动都是移至阳光直射赤道的位置上。其他各个节气，不过是均匀地安插在上述四个节气之间的不同位置而已（清朝行用《时宪历》以后情况稍有不同，但在我们所讨论问题的意义上亦无实质性变化）。这样看来，二十四节气可以说首先是一种天文刻度，用来标记太阳视运动的位置，这实际上也就是标示出地球公转周期中的各个不同时段。中国政府这次"申遗"，称二十四节气是"观察太阳周年运动而形成的时间知识体系"，事实上已经清楚地表明了这一点。

那么，人们为什么又要创制并应用这种天文刻度呢？这有点儿说来话长，要先从历法和历书谈起。

世界上不管什么地方、什么样的人，甚至不管其活着，还是死去，都要在时间的流动中存在，随着时间的流动而发生变化。对于绝大部分活着的人来说，还需要主动安排自己的生活，有节律地从事各项生产、生活活动。但在每一个肉眼凡胎的人面前，时间和空间一样，都是"空"的，既看不见，也摸不着。人们是通过具体的天文现象变化，才比较具体地感知时间和掌握、利用时间的。

谈到这一点，我们先要清楚，很多重要的天文现象，站在地球上不同的地点，看起来是不一样的。好在人是形成、生长在南、北极圈之外一定纬度以下的地方，就连强汉盛唐，也是这样，自古以来本与北极白熊和南极企鹅都攀不上什么关系。这使得我们下边谈论的一些现象，在各个有人的地方，看起来都差不了多少。

表征时间流动的天文现象，最显著的是由于地球的自转。人眼中看到的太阳，东升西落，一次次周期轮回。想想就连稍够档次的动物和植物，也都能够清楚地感知以致顺应这一现象，再想一想人"比猴儿还精"那句话，就会明白，自视为万物之灵的人类，自然会同样感知到这一周期性变化。确实比猴子高明很多的是，有那么一小部分人还很早就创制了"文字"，其中使用方块汉字那一帮子人，就移用表示太阳的那个"日"字，仍然是作为名词，来表示这一周期。当然，用现在的口语来讲，一日就是一天，而且古人和现在差不多，通常也是以"夜半"作为前后两天划分的界线。其实这也是世界各地两条腿儿的人普遍认知的最基本的时间单位。

世界上大多数人都不是过一天就完了，而是要日复一日地接着过。日子过得长了，就需要有个更长周期的时间单位。于是，"月"这个概念就被引入生活当中。

道理和"日"是表述日出日落周期的长度一样，"月"是表示禹域九州所见月圆月缺周期的长度，其他地方的人不用这个词儿，但月亮也不会常圆不缺，同样很容易掌握这一周期并将其用作表述时间的单位。当然，其背后的实质性变化，是月球围绕地球公转的周期。仔细说起来，这个周期还有多种不同的数算方法，最简单、最直观的一种是只看月亮本身圆缺变化的办法，这样得出的周期，现在通常称作"朔望月"。与"月"相对应，"日"就成了表示在"月"这一长度期间之内的具体时间刻度。

从殷商甲骨文，到两周金文，对这一天象周期都有众多记述，西周金文中还有很多每月之中月亮呈现不同形态的"月相"术语，如初吉、既望、既生霸、既死霸之类，说明人们在生活中已经非常广泛、熟练地应用这一周期。

比月再长的周期就是"年"了。谈到"年"，情况开始变得复杂，在世界各地的不同人群，在历史发展的不同阶段，采用"年"这一时间单位，往往不尽相同。大体上说，首先可以将其归纳为三种大的类型，即太阴年、太阳年和不妨姑且称之为"阴阳混合年"的第三种类型。但不管是其中哪一种类型，所谓"年"的实质，就是地球围绕太阳公转的周期。对于古人来说，这也就是太阳环绕地球做视运动的一个周期。上述几种"年"的差别，只是其时间长度与这一周期的吻合程度不尽相同而已。

所谓太阴年，即积月为年。比较成熟稳定的太阴年，一般是每年十二个月。依据太阴年作为历法基础而编制的历书，就被称作"太阴历"。太阴年或太阴历的好处，是充分保证了一个月内每一日所对应月相的稳定性。

但有好处也就有坏处，太阴年或太阴历的坏处，是太阴年的一年，通常只有354天或355天，比365天多的太阳视运动回归周期短十多天。这样一来，随着年份的推移，每一具体月份所对应的季节，会不断发生变化：原来正值酷暑的月份，会改而处于隆冬时节。显而易见，这对安排生产、生活，都很不方便。

那么，太阳年呢？简单地说，太阳年就是其时间长度最大限度地贴近太阳视运动的回归周期，不能完全重合的原因，在于这个周期不是"日"的整倍数，而历法上"年"和"月"都不能打破"日"这个单位（探究历法并依此编制历书是为了让人们生活更便利，而把一天切割开来分在两年过，精神正常的人谁也不会觉得便利）。以太阳年作为历法基础编制的历书，就被称作"太阳历"。在历法意义上，我们把这一具体的回归周期长度称作"回归年"。现在世界上大多数国家采用的所谓"公历"，实质上就是这样的太阳年。

它的好处，自然首先是月份与季节之间精准而又稳定的搭配。但弊病也很突出：为保证年内各月份的完整性，使得每一月份纯粹是从"年"上分割出来的次一级时间长度单位，与实际的月相变化，完全脱钩。

既然太阴、太阳各有各的麻烦，于是就有了融通二者的"阴阳混合年"。所谓"阴阳混合"，就是在保持一个月内每一日与月相基本对应的同时，再尽最大可能保持每一月份与特定季节比较稳定的搭配。以这种"阴阳混合年"作为历法基础编制的历书，即为"阴阳合历"。

具体的办法也不太复杂，在中国历史上很长一段时间内，就是在每十九年内设置七个"闰月"，亦即这十九年中有七年需要在十二个月之外增设一个月（后来虽在设置闰月的具体办法上有所调整，但基本原理并没有变化）。这个增设的月份，就是所谓"闰月"。相应地，这一设置闰月的年份，被称作"闰年"，其他年份，则被称作"平年"。此外，若是不够精确地约而言之，也可以说，古人还把这多了一个月的"闰年"称作"大岁"，只有十二个月的"平年"称作"小岁"[1]。

这种"阴阳混合年"的实际效果，不能说十分理想：平年一如太阴年，比回归年稍短；闰年，则又比回归年略长。但这已经是最佳的选择，实在找不出比这更好的办法了。

自有文字可考的殷商时期以来，中国主要通行的就是一种不够成熟的"阴阳混合年"。说它不够成熟，是因为商人虽然添置闰月，试图向回归年靠拢，却没有规律可循，甚至有因置闰而造成一年十四个月的情况。至迟在春秋后期至战国初年期间，即已成熟地运用了十九年七闰的置闰规律，从而制定出一种被称作"四分历"的历法，编制出中国最早的"阴阳合历"。

针对这同一历法体系中两种不同的"年"，东汉时期位居魁首的大学者郑玄表述说："中数曰岁，朔数曰年。"[2] 又晋司马彪《续汉书·律历志》亦述云："日周于天，一寒一暑，四时备成，万物毕改，摄提迁次，青龙移辰，谓之岁。"[3] 所谓"摄提迁次，青龙移辰"，讲的就是太阳视运动在十二星次和十二

---

1 《周髀算经》卷下，页 68—70。
2 《周礼》（北京，中华书局，1992，《古逸丛书三编》之影印北京图书馆藏南宋刻本）卷六《春官·宗伯·太史》之郑玄注，页 10b。
3 晋司马彪《续汉书·律历志》下，见《后汉书》志第三，页 3056。

《古逸丛书三编》之影印北京图书馆藏南宋刻本《周礼》

辰坐标体系中的位置变化。因知郑玄所谓"中数",即指近乎恒定的回归年长度,如司马迁在《史记·历书》中所述,这种"岁"起始于冬至之日,《史记·律书》亦有语云:"气始于冬至,周而复生。"这里所说的"气",应即"二十四气"之"气",而冬至这一天乃标志着自然界"产气始萌"[1]。"朔数",则指实际历法中积朔望月份而成之年的长度,每一年的起始时间,为正月朔旦,司马迁称之为"王者岁首"[2],《春秋》一开篇就俨乎其然地写下的"王正月"三字,实质上表述的也是这个意思,这与上述一岁之"中数"有着明显的差异。也就是说,作为比较专业的术语,是把"阴阳混合年"中相当于回归年的太阳年称作"岁",积月而成的太阴年才是狭义的"年"。

春秋战国之际开始实行的这种"四分历",就历法原理来说,基本上已经比较完善,但有两点,还需要做一定的改进。

一是设置闰月的月份,起初似乎是随时安插闰月,秦及西汉前期则实行岁终置闰法,即把闰月设在年底最后一个月的后面。直到太初元年,汉武帝改革历法,才把闰月设置在没有"中气"的月份,关于这一点,下面再具体说明。

二是在这种"四分历"中,还不能十分具体地体现"太阳年"的内容。虽然通过十九年七闰的办法最大限度地保持了每一月份与特定季节比较稳定的搭配,但对于每一个具体的日子

1　《史记》卷二五《律书》,页 1492;又卷二七《天官书》,页 1596。
2　《史记》卷二七《天官书》,页 1596—1597。

来说，不同年份间这一日子所对应太阳视运动位置，还有很大出入。也就是说，仅仅看黄历，知道你过到了几月的第几天，仍然无法知晓天上的太阳究竟移动到了什么位置。为此，才需要启用二十四节气这一套东西，通过节气来准确地标示回归年运行的不同时段，用以补充黄历上的太阴年月日所不能提供的信息。司马迁概括历法的核心内容，乃谓"历居阳而治阴"[1]。我理解，他所说的"阳"，主要是指体现太阳环绕地球视运动周期的回归年，而所谓"阴"，则是一岁当中月份的安排；其所云"治阴"的关键内容，就是以节气与月份搭配，以展现回归年的运行过程。

关于这一点，首先需要说明，前面已经谈到的春秋战国时期即已十分成熟的"八节"这一套系统，实质上也就是把一个回归年划分成八个时段。因此，在积月为"年"的年份里标记出二分二至和四立的位置，也就等于是把太阳年的"一岁"标示在了太阴年的"一年"当中；用大家现在更容易听懂的话来讲，也可以说"八节"体现的是阴历年里的阳历年，这也很好地体现了"阴阳混合年"的"混合"特点。

问题是"一年"有十二个月（平年）或是十三个月（闰年），可"一岁"却只有"八节"，二者很不匹配。事实上《吕氏春秋》在载录立春等"八节"时，本来是将其与十二月相匹配，可结果在一年十二月中，只有孟春、仲春、孟夏、仲夏、

---

1 《史记》卷一三〇《太史公自序》，页 4012。

孟秋、仲秋、孟冬、仲冬这八个月各自轮上了"一节",另外的季春、季夏、季秋、季冬四个月,竟空缺其位,一个也没摊上。这显然不够合理。由于以"八节"表示的这八个时段,每一时段都长度过大,从实质上来说,不便于人们在社会生活中随时把握"太阳年"的进度。

正是基于这样的社会需求,当秦始皇统一关东各地之后,便在统一规定天南地北一律采用"夏正"亦即以建寅之月为一年开头的正月的同时,又在春秋战国以来"八节"的基础上,扩展出二十四节气来。只不过像前面所讲的那样,当时的名称,不叫"二十四节气",而是称作"二十四气",或是"二十四时"。

把回归年的长度分割成二十四个刻度之后,每一个刻度,也就是"一气"的长度大约十五天多一点儿,和现在的两个星期差不多,这就很方便了。人们只要知道生活中的某一天是哪一个节气中的第几天,也就等于清楚地看到了太阳视运动走到了哪里。由于太阳是地球热量的来源,太阳视运动所处的位置也就是地球在公转轨道上的不同位置,便决定了每一地点寒暑冷暖的变化,影响到人们生产、生活的方方面面。所以,依据这二十四节气,就可以比较自如地安排生产和生活。

不过,在另一方面,这样简单地施行"二十四气",也存在一些不便的地方。基于太阴历的"年",通常只有十二个月,与之相比,"二十四气"有些太过琐碎,不大好相互匹配。这使得人们在生活中不大方便把这套太阳年的体系同各个月份具体结合起来。

于是，在《汉书·律历志》中，我们就看到了那套将其两两合并成十二组，亦即每组内含两个节气的做法。前面我已经谈到，在技术上，这首先便于与"十二星次"或"十二辰"匹配，但同时也便于同十二月建立联系。

需要特别指出的是，《汉书·律历志》在记述这十二组二十四气中每一"气"的二十八宿"距度"时，是分别记述了一组之内"初""中""终"三点的"距度"。其中"初"这一点，是进入这一组，同时也是组内第一"气"时的"距度"；"中"这一点，不仅正位于这一组的中间位置，同时也是进入组内第二"气"时的"距度"；至于"终"，则是出离这一组，同时也是出离组内第二"气"时的"距度"。[1]

按照我在前文所做的分析，司马迁在《史记·历书》里提到的"十二节"，指的就是这种由"二十四气"归并而成的十二个组，所以这十二个组中的每一组，就是"一节"。狭义地讲，古人把这十二组中前一"气"称作"节气"，意即一"节"之"气"（这种狭义的"节气"，又称"朔气"[2]，盖"朔"即《汉书·律历志》所言"初"也）；后一"气"称作"中气"，意即"节"中之"气"，源头就在这里。形象地说，这十二组中每一组体现的时间长度犹如一个竹节，太阳视运动进

1　《汉书》卷二一下《律历志》下，页1005—1006。
2　唐贾公彦《周礼注疏》（台北，艺文印书馆，2007，影印清嘉庆二十年阮元校刻《十三经注疏》本）卷二六《春官·大史》，页401。

入每一"节"之"初"的时刻，就是狭义的"节气"开启的时间；而太阳视运动接下来进入每一"节"之"中"亦即中间位置的时刻，就是狭义的"中气"起始的时点。反过来看，既然这十二组中的每一组也就是一节，那么，相对于此，《汉书·律历志》所谓的"中"，也就是一节之正中。把这十二节合在一起，就是司马迁所说的"十二节"。明白了这种与"中气"对称的"节气"，也就会明白，后世在一定范围内使用，特别是晚近以来民间俗称的"二十四节气"，实际上很不合理，它会妨碍人们准确地认识"节气"一词本来的含义。

明白了《汉书·律历志》里"初""中""终"数语的语义，就可以更好地理解郑玄所说"中数曰岁，朔数曰年"的具体缘由。盖如唐人孔颖达解释的那样："中数者，谓十二月中气一周，总三百六十五日四分之一，谓之一岁。朔数者，朔，十二月之朔一周，谓三百五十四日，谓之为年。"[1]需要进一步说明的是，孔颖达讲的"年"，只是平年的情况，若逢闰年，还要在三百五十四日的基础上再增添一个月的日数。除此之外，孔颖达的解释已经相当明晰。

严格地说，二十四节气与十二月，这两个体系是无法建立确定联系的，因为二者时间长短不一，同时十二月体系还有闰月存在。但在另一方面，正是因为有闰月的调整，又使这两

---

1 唐孔颖达《礼记正义》（民国丁卯南海潘氏覆刻宋绍熙本）卷二二《月令》，页 4a。

昴八度清明
商為四月
夏為五月

婁初奎五度
月 終於胃六度
大梁初胃七度穀雨
終於畢十一度實

立楗初婺女八度小雪
中危初大寒
星紀初斗十二度大雪

十四度觜巂
商為
中婁四度春分
終於奎四度 降

終於危十五度

諏訾初危十六度立春
中營室

中牽牛初冬至十二月周為正月商
終於婺女七度

日月之會而建所指也

過者亡咎次度六物者歲時數日月星辰也辰者

星之贏縮不是過也過次者殃大過舍者災小不

《前漢律歷志下》

而旅於明年之次以害鳥帑
周楚惡之五

起筭縮傳曰歲棄其次

欲知大歲以六十除積次餘不盈者數從丙子

者名曰定次數從星紀起筭盡之外則大歲之次也

積去不盈者

百衲本《二十四史》影印常熟瞿氏铁琴铜剑楼藏所谓北宋景祐刊本《汉书》

套体系不至于偏差很多，大体上还是可以相互对应的。像"小寒、大寒又一年"这句谚语，就很好地体现出节气与月份之间的约略对应关系。

秦祚短促，虽然设置了十二节二十四气，但始皇帝没有来得及更好地协调这套太阳年体系与太阴年月份的关系，其具体的体现，是一如旧制，只是简单地把闰月设置在每一年年底最后一个月的后面，亦即一律闰其末月。

到汉武帝太初元年（前104），对承自秦人的历法亦即"颛顼历"加以改革，创制所谓"太初历"，始定立新规，把闰月设置在只有"节气"而没有"中气"的月份，史籍书作"朔不得中，是为闰月"[1]，亦即闰无"中"之月。这样一来，便出现了"节不必在其月，故时中必在正数之月"的情况[2]。简单地说，就是无法使狭义的"节气"和"中气"都与月份建立固定的搭配，于是就只管"中气"，不管"节气"。司马迁在《史记·历书》中有一段谈论历法原理的话，谓之曰："先王之正时也，履端于始，举正于中，归邪于终。"[3] 其中"始""中""终"三语，应即前述《汉书·律历志》之"初""中""终"几个时点，而最具实质性的内容，是"举正于中"这句话，讲的同样是用没有"中气"的月份来设置闰月，以合理地调节太阳年和太阴年这两套体系，而且"中气"里面包含有二分二至这四个

1　《汉书》卷二一上《律历志》上，页983—984。
2　《汉书》卷二一上《律历志》上，页983。
3　《史记》卷二六《历书》，页1503。

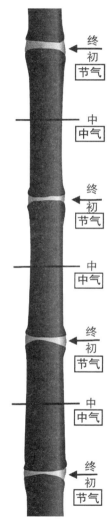

终
初
节气

中
中气

终
初
节气

中
中气

终
初
节气

中
中气

终
初
节气

节气与中气关系示意图

最重要的节气。这样一来，就可以用"中气"来为闰月以外正常的月份命名，将太阳、太阴两套体系比较确定地联系起来。

在晋人司马彪撰著的《续汉书·律历志》里，我们看到了古人具体的做法，其命名方式，可列表如下：

十一月	十二月	正月	二月	三月	四月	五月	六月	七月	八月	九月	十月
冬至	大寒	雨水	春分	谷雨	小满	夏至	大暑	处暑	秋分	霜降	小雪

《续汉书·律历志》把这种以十一月为首的月序排列，标记为"天正"，系以冬至配置于此月，这是本自太阳法天之义，冬至等二十四节气表征的是"天道之大经"[1]，而太阳年的岁首即起始于冬至；同时，又把这一套对应的办法，称作"日名"[2]，也就是给每一月份标注出来的太阳经行位置，亦即"月"中之"日"，而体现太阳经行位置的刻度单位，就是十二个"中气"。除了极少的月份之外，其余绝大多数月份都符合上述对应规则。这本来很好地体现了在积月为年的太阴年中标示累日为年的太阳历的内容，即司马迁所说"历居阳而治阴"。遗憾的是，今人整理古籍，看不懂，就放胆乱改。现代最为通行的中华书局本《后汉书》（宋真宗时期以后流行的刘宋范晔著《后汉书》，都

1　《史记》卷一三〇《太史公自序》，页 3995。
2　见 1958 年商务印书馆缩印百衲本《二十四史》之《后汉书》志第三《律历志》下，页 1392。

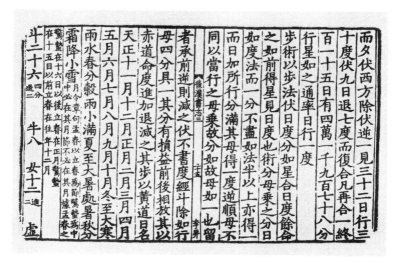

百衲本《二十四史》影印南宋绍兴刊本《后汉书》

已将司马彪《续汉书》中志的部分纳入其中[1]），竟活生生地硬是把"日名"改成了"月名"[2]，以致再也看不出古人的用意。

讲到这里，大家就能明白，秦始皇推行二十四节气制度之后，通过"十二节"和"十二中气"的形式，把这种天文刻度融为历法当中的一项重要内容，以具体体现太阴年中潜存的另一套太阳年体系，这就是二十四节气产生之后随即增附的一项最重要的功用。班固在《汉书·艺文志》中阐释"历谱"类

1 别详拙文《〈后汉书〉对研究西汉以前政区地理的史料价值及相关文献学问题》，原刊《史念海先生百年诞辰纪念学术论文集》（西安，陕西师范大学出版社，2012 年），后收入敝人文集《旧史舆地文编》（上海，中西书局，2015），页212—229。
2 晋司马彪《续汉书·律历志》下，见《后汉书》志第三，页3073、页3092。

书籍的性质与功用时尝有语云:"历谱者,序四时之位,正分至之节,会日月五星之辰,以考寒暑杀生之实。故圣王必正历数,以定三统服色之制,又以探知五星日月之会。"[1] 这些话,首先都是针对以二十四节气为标志的太阳年体系而言。

当然,若是再向前追溯,如前所述,至迟在战国末年编著的《吕氏春秋》中,即已出现以"八节"匹配孟春、仲春、孟夏、仲夏、孟秋、仲秋、孟冬、仲冬这八个月的做法,事实上已经是在把"八节"列置于历法体系当中;更早在《尧典》里也是把日中、日永、宵中和日短这二分二至与仲春、仲夏、仲秋和仲冬之月直接关联。因而也可以说二十四节气甫一萌芽,即与历法、用历的发展紧密相关,很早就已成为中国古代历法的一个重要组成部分,但当时不仅二十四节气体系还很不完备,所谓"历法"显然也还很幼稚。

二十四节气与历法、用历的融合,使得社会大众能够在按照太阴年月份生活的同时又能便捷地把握二十四节气所表征的太阳年节律,从而得以比较准确地顺应太阳视运动处于不同位置时所造成的寒暑冷暖和昼长夜短变化,以及在此基础上叠加的因海陆位置不同、地形地貌差异等因素造成的气温和降水变化等,更好地安排生产和生活。在中国古代,对适时开展各项农业生产活动,意义尤为重大。这是二十四节气产生之后所发挥的重大功效。不过大众媒体对这一点已经讲得很多了(尽管

---

1 《汉书》卷三〇《艺文志》,页 1767。

往往对其背后的天文历法原理语焉不详，甚至时或有错误的理解），还有一些层次较高的科普著述，例如冯秀藻、欧阳海著《廿四节气》，满篇充塞的都是"历代农民与'天'斗的经验总结"和所谓"农业气象"问题，偏离实质性内容和历史真相都相当严重，因而我在这里也就不再多谈了。

下面我来谈谈前面所说的第二个层次的问题，即二十四节气在今天究竟还有哪些用处以及人们是不是还非有它不可。

首先，通过前面的讲述，大家能够理解，二十四节气在中国古代发挥的独特作用，实质上是通过它在太阴年中标示出了太阳年的节律；若是用更容易理解的大白话讲，就是在过阴历年的同时，用一个个"节气"而以大致每半个月的间隔体现出另一套阳历年的历，古人包括农事活动在内的很多生产、生活行为，实际上过的是这套隐而不显的阳历年年历，二十四节气的作用和意义也正在于此（不过需要说明的是，并不是秦始皇时期始制定二十四节气，就把它注记于朝廷颁行的历书当中，这还有一个很长的演进过程）。

然而，辛亥革命以后，直至今日，中国的法定用历，就一直是西方传来的格里高利历，亦即所谓"公历"，而这个"公历"，行用的乃是太阳年。在这种情况下，二十四节气这一过去在太阴年体系之下隐而不显的太阳年刻度，实际上已经一清二楚地体现在了这种新历书的月日当中。譬如，我们今天所过的冬至，通常多在 12 月 22 日，要不就像今天一样，是在 12 月 21 日，只是一两天的出入。其他如夏至多在 6 月 22 日，春分多在 3 月 21 日，秋分多在 9 月 23 日，清明多在 4 月 5 日，等等，每一个节气都与特定的"公历"日子对应。其实质性意义，是一看日历就清楚知悉太阳视运动所在的位置，了解到与之对应的寒暑冷暖和昼长夜短变化，而且每一个日子，都非常清楚、直接地依次排列在历书上，不用再掐着手指头数算今天是某个节气之后的第几天（虽然后来又有把二十四节气再细分成七十二候的做法，每五日一候，但七十二候的应用，远不如二十四节气广泛），岂不比使用二十四节气远为便捷？人们又何必非舍近求远非用二十四节气不可？

像这里出示的这张民国历书残页，其用来表示中国传统历书亦即所谓"夏历"的一面，附注有正月初二立春、十六雨水，就是在标明太阳历的刻度，历书上若是仅此一面，则确有必要。然而这份历书同时还另有表示公历的一面，却也在上面做出同样的节气标识，就其历法意义而言，则已经大可不必。现代历书也有类似的做法，同样没有必要。若是一定要知晓地球在公转轨道上所处的精确位置，不如由天文台来逐时布告于天下，就像现在政府逐时公布的雾霾数据一样。

至于古人在行用二十四节气时总结的农事和生活经验，大多都可以直接转换到现行用历中与之对应的具体日期，不必非沿用节气的名目不可。更为重要的是，包括农业生产活动在内，现代社会的生产、生活活动，对科学性的要求，较诸古代，已经高出很多，譬如种地所需要的温度、湿度等，都需要十分精准的数据，而这些早已不是依据节气名称编造的几句顺

民国历书残页上的二十四节气

口溜就能满足的事了。一句话，除了传统时令节庆的社会文化意义之外，二十四节气在今天已经没有实质性的应用意义，完全可以而且也应该用逐时的天文刻度以及在此基础上形成的各个具体地点的冷暖干湿数据来取代它的作用（当然二分二至这四个时点的独特意义仍一如古昔，可这实质上是世界各地稍具水平的天文观测通常都会测得的时点，不一定非与中国特有的二十四节气联系到一起不可）。一定要努着劲儿强用，只会阻碍相关事业的进步。

更清楚地讲，在今天中国行用的太阳年历书中，除了二分二至这四个具有特殊意义的节点之外，若非民俗乡风的沿承和时令仪式所需，在科学意义上，已经没有任何必要再在太阳历上叠床架屋地记明其他二十个体现太阳年运行过程的"节气"，更不能罔顾基本的科学常识而胡乱夸耀二十四节气的功效有多么神异。

当然，要是一定要说有用，也能找到用处，而且应用得还很普遍——这就是所谓"命相之学"用月日时辰给人算命时所采用的月份，很久以来就是以《汉书·律历志》所载十二节中的一节作为一个月（也就是狭义的"节气"由此一"节气"到彼一"节气"之间的时间长度，这应该是一种看似很科学的纯"天文月"），并以干支来表示这种月份，称作"干支月"（原因很简单，只有这种月份中的月日时辰才能每一年都基本相同地周而复始，这样才便于运用简单的规律加以推算，而历书上实际生活使用的朔望月，因有闰月的插入，不同的年份之间，每

清乾隆年间姑苏版画《清明佳节图》[1]

1 樋口弘《中国版画集成》(东京,味灯书屋,1967)第一集《原色版·苏州版画·杨柳青年画》,页 10。

个月中的同一天在一年中的早晚先后往往会有很大差异，因而难以操作）。但这种江湖术士骗人的把戏，真的能说得上是有我们需要的用处吗？

总而言之，二十四节气"申遗"虽然成功了，这对社会大众了解中国古代的历史，当然具有积极作用，但切不可听任所谓"国学"那一派妄人借机兴风作浪，以弘扬"国粹"的名义，曲意鼓吹二十四节气在今天的作用，特别是以此来排斥包括农业科技在内的现代科学与文明。面对日新月异的科学进步，虚心学习并奋起直追东西洋列国的先进技术，才是各行各业的人间正道，农业生产也不例外。

在这里，我想呼吁北大所有同学以及在座的各位校外朋友，我们这里，北京大学，在中国，是科学与民主精神的发源地。民主与科学这两种精神，是照亮现代中国的圣火。中国的未来，仍将在这两盏圣火的照耀下前行。面对近年世界各地日渐猖獗的民粹反智思潮和排外躁动，我们每一个人都有责任坚守文明的底线，认清人类先进文化的发展方向。具体谈到时下盛行的"国学"热潮，我十分赞同我们北京大学中文系李零教授的看法，这些人鼓噪的所谓"国学"，就是国将不国之学。希望大家能清楚了解二十四节气的历史面目和现实价值，但愿二十四节气的成功"申遗"，不要被那些"国学"之徒及其操纵者弄成贴在他们脸颊上的金箔。

谢谢大家今晚冒着这么浓重的雾霾来听我讲这些话。

【附记】本文系应北京大学共青团委员会之邀所做讲演的底稿，因时间所限，文稿中很多内容，在现场并未讲述。若有违碍之处，与北大团委以及这次活动没有任何关系，敝人自当承担全部责任。另外，这篇讲稿涉及的古代天文历法知识，有些具体的细节，要比这里所说的复杂许多，限于讲稿的性质和篇幅，无法一一展开，尚祈读者谅之。感谢北大团委负责人员给我这次机会，能够把读书和备课过程中学到的一些知识和相关想法料理成稿。

2016 年 12 月 21 日冬至之日匆匆草记成文
并于当晚讲演于北大理教 103 教室
2017 年 1 月 6 日整理定稿

清华简所谓"八气"讲的应是物候而不是节气

　　《清华大学藏战国竹简（捌）》，今天上午正式出版发行。其中有很多重要的内容，受到学人高度关注。

　　在这批竹书当中，有一种由整理者拟题为《八气五味五祀五行之属》，由七只简四组内容组成。其开篇第一组内容，好像是提到了太阳的运行亦即太阳视运动的状况，还提到霜降、白露等词语，整理者称它"是一种八个节气的推算，与传统的二十四节气不同，有助于研究二十四节气的形成"。

　　诚如所言，这篇简文对研究二十四节气的生成过程具有重要意义。对此，我将另行撰文，试予阐述。在这里，只想先简单谈谈对这一简文的一点儿不同认识，以供关心这一问题的人们参考，从而更好地利用这篇新发现的重要文献。

　　在中国古代历法构成中，二十四节气是一套表示"太阳历"也就是所谓"阳历"的符号体系，其最核心的天文基础，是地球绕日一周的时间长度，也就是人们站在地球上观察所看到的太阳视运动周期，简略地讲，就是365又1/4天。所谓

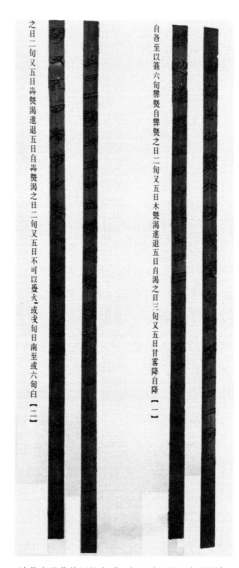

自各至以箾六旬彝燹自彝燹之日二旬又五日木燹渴进退五日自渴之日三旬又五日甘客降自降 【一】

之日二旬又五日彝燹渴进退五日自彝燹渴之日二旬又五日不可以燮火、或戋旬日南至或六旬白 【二】

清华大学藏战国竹书《八气五味五祀五行之属》

二十四节气，就是对这一周期的二十四等分。

明白了这一点，我们也就很容易理解，所谓二十四节气，一定要以每年 365 又 1/4 天这个基本数据为基础，可是现在我们看到的这篇《八气五味五祀五行之属》，其所记好像是日行半周期的天数，即从冬至到夏至，是 180 天；再从夏至到冬至，也是 180 天。二者合之，整个看起来似乎是日行周期的时间长度为 360 天。又简文所记似乎是太阳运行节点的每一个具体时日，都是在距原点五天的倍数这样的日子上，须知 360 正是一个可以被 5 整除的数字，而 365 又 1/4 则绝对不行。所以，《八气五味五祀五行之属》中这些内容表现的不可能是节气。

如果不是节气，那么，简文中提到的霜降、白露等语讲的又是什么呢？我想这应该是随着太阳视运动周期变化而出现的物候现象。《逸周书·时训》所记七十二候，就是每五日一候，七十二候合之共经历三百六十天，从总体规律上来说，与此简文正相吻合。

另外，《八气五味五祀五行之属》中"木气竭"和"草气竭"这两个节点，还带有"进退五日"的注记，这向前向后或进或退的五天，就应该是实际物候特征在太阳视运动位置以外所受到的具体气象因素的影响，因时而变，不像单纯天文因子那样能够确定不移。这一内容，尤为清晰地显现出这些记述的物候属性。

尽管有许多具体问题，还有待日后进一步系统地加以探讨，但我想从"物候"这一角度出发来认识这篇《八气五味五

千桑萍不生陰氣憤盈鳴鳩不拂其羽國不治兵戴
勝不降于桑政教不中立夏之日螻蟈鳴又五日蚯
蚓出又五日王瓜生螻蟈不鳴水潦淫漫蚯蚓不出
嬖奪后王瓜不生困於百姓小滿之日苦菜秀又五
日靡草死又五日小暑至苦菜不秀賢人潛伏靡草
不死國縱盗賊小暑不至是謂陰慝芒種之日螳螂
生又五日鵙始鳴又五日反舌無聲螳螂不生是謂
陰息鵙不始鳴令奸壅偪及舌有聲佞人在側夏至
之日鹿角解又五日蜩始鳴又五日半夏生麋角不

《四部叢刊初編》影印明嘉靖刊本《汲冢周書》

祀五行之属》所提供的新材料，或许能够帮助我们更好地认识中国早期天文历法知识中的一些基本问题。

2018年11月17日上午11时记于"纪念清华大学出土
文献研究与保护中心成立十周年国际学术研讨会"上

【附】《八气五味五祀五行之属》录文（其中原文的别体异文，均据整理者的厘定改书。又文中两"进退五日"，整理者原文没有加方括号，系上句句断后另起一句，而与下句逗开）：

自冬至以算六旬发气，自发气之日二旬又五日木气竭〔进退五日〕。自竭之日三旬又五日甘露降。自降之日二旬又五日草气竭〔进退五日〕。自草气竭之日二旬又五日不可以称火。或弍旬日南（整理者疑"北"字之误，或亦可解作"自南"）至，或六旬白露降，或六旬霜降，或六旬日北（整理者疑"南"字之误，或亦可解作"自北"）至。

说岁释钺谈天道

——由浙江省博物馆展出的铜钺讲起

非常感谢浙江省博物馆盛情美意，使我有机会来到这里，看到正在浙江省博物馆举行的"越王时代——吴越楚文物精粹展"。不过在感到荣幸和感激之余，也有些为难。浙江省博物馆主事的朋友，希望我能在这里结合展出的文物精品给大家讲点儿什么。这却很让我为难。这是因为我对春秋战国时期吴、越、楚三国的历史文化都缺乏了解，更不懂文物与考古，实在说不出什么东西来。

腹中空空，既俭自窘，两眼难免发矇。矇矇松松盯着我们这次展览的海报"越王时代"看，看着看着，觉得似乎可以拿海报上印的越国铜钺对付着说个事儿，于是就对付着拟了这么个题目。

这个问题，说简单了，它只是我的一个很简单的猜想；说复杂了，它涉及殷商时期人们过的是个什么样的"年"的问题，而商人过的是什么"年"这个问题，实际上相当复杂，真的不是一个很简单的问题（真正的专家们也许并不这样想，可

"越王时代——吴越楚文物精粹展"海报

我一直觉得专家们的说法很不好理解），我也只是有一个初步、很模糊、很不确定同时也根本讲述不清的想法。

好在这种和大家见面的形式，就是便于同在座的各位以及阅读我这份讲稿的学人交流看法，尽管很不成熟，但也许就这样把它谈出来，才便于人们更加准确地认识相关历史问题；至少会帮助大家思索：这次浙江省博物馆展出的这件铜钺，也许很不简单，它的象征意义也许很深、很大。再往脚底下想，说不定我们浙江"越"这个古称，同"钺"这种器物，也有某种内在的关联。不过这还不是我现在思考的问题，在座的各位朋友，自己多想想，说不定就能把它们想到一起去了。

那么，这件铜钺与商人过什么"年"有什么关系呢？大家一定都熟知"年年岁岁花相似，岁岁年年人不同"这两句诗。这里反复谈到的"年"与"岁"两个字，当然是同义的重复，也就是说，"年"就是"岁"；反过来说，"岁"就是"年"。

我们明确了"岁"就是"年"，下面就首先从"岁"为什么具有"年"这一含义以及它表示的到底是怎样一种"年"说起。

现在我们看到的这个"岁"字，在甲骨文中本是象形于斧钺之钺，其最初的形态就是书作"戉"（于省吾《甲骨文字诂林》）。可是商人为什么会用这样的一个表征钺形的"戉"字来命名时间长度之"年"，诸家所说，都语焉未详；至少在我这个外行人看来，各位行家似乎还没有做出贴切的解说。

在我看到的相关论述中，郭沫若先生的《释岁》，论述最为深入，也最充分（这篇文章收在他的专题研究文集《甲骨文字研究》中）。郭沫若先生这篇文章的基本结论，是说"古人因尊视岁星，以戉为之符征以表示其威灵，故岁星名岁"，再"由岁星之岁始孳乳为年岁字"，即由于岁星是有显赫威灵的，所以会用"戉"作为表征这一特性的符号，为其命名，而世人以"岁"名年，是缘于世间早已先有岁星之名。

所谓岁星，就是木星。具体地讲，郭沫若先生解释说，古人在黄道，也就是地球公转轨道的天幕背景附近划分出十二个"辰"（原理和现在年轻的朋友喜欢玩儿的黄道十二宫相同），作为在天球上观测星体运行的参照物和体现星体运行状况的刻度。在这一基础上，"岁徙一辰而成岁"，即岁星在每一个回归年内正好运行这"一辰"的刻度，"故岁星之岁孳乳为年岁之岁"——也就是说，原本用来指称岁星的"岁"字，因其每一回归年运行"一辰"的刻度而被移用过来，表述一回归年的"年"这一语义。

这样的思辨方式，我觉得在逻辑上是颠倒的：即若是以岁星每回归年移徙"一辰"而给年命名，则理应称谓这个年为"辰"，而没有称为"岁"的道理；合理的逻辑，理应是先有以"岁"字来称谓回归年的情况存在，才会把每"岁"移徙一辰的木星称作"岁星"。《史记·天官书》之唐司马贞《索隐》，引述有晋人杨泉撰著的《物理论》，其书解释岁星得名的缘由说："岁行一次，谓之岁星。"同时人郭璞注《尔雅》，也是这个说法。这里提到的"一次"，就是郭沫若先生所讲的"一辰"，故杨氏所说"岁行一次"也就和郭沫若先生讲的"岁徙一辰"是同样的意思。可见我的认识，同这位杨泉先生和郭璞先生的看法是一样的：即人世间业已有以"岁"字来称谓回归年的情况存在，才会把每"岁"推移"一次"的木星称为"岁星"。这当然是按照正常思维逻辑所必然会做出的推断。需要再一次重复强调指出的是：杨泉和郭璞做出这一推断的前提，同我的认知一样——这当然是世人先已把回归年定名为"岁"。

其实，我们若是不那么迷信权威，开动脑筋，认真思索，也就不难发现，郭沫若先生《释岁》这篇文章的一些具证环节，是存在很大问题的。

按照他的论证逻辑，乃谓"必先有岁星而后始有年岁字，因用戊以表示岁星之意有说，如无岁星之阶段，则用戊为年岁字之意无说"。这话，讲得好像理直气壮，而且底气很足。那么，下面就让我们先来看看，古人"用戊以表示岁星之意"，到底是不是真的这么"有说"。

关于这一点，郭沫若先生首先论述如下：

> 《星河图》云"苍帝神名灵威仰"，《周官·小宗伯》郑注"五帝，苍曰灵威仰"，苍帝即木星，名之曰"灵威仰"，正言其威灵之赫赫可畏。

这段话，看起来俨乎其然，很像那么回事儿，可稍加追究，就会发现问题多多。

现在很多人，对一些学术声望很高，也就是那些名头很大的学者，往往望而生敬，纳头便拜。因崇敬学术而尊崇那些社会公认的著名学术人物，这固然无可非议，总比各拜自家堂口老大的黑社会要高明得多（不过学术界类似的堂口也是越来越多，而且混世界的弟兄也越来越年轻化），但对这些学术权威的具体论断，却不宜这样迷信盲从。

稍微了解一点儿自然科学的人都知道，在那里，所有新生的学术创见，都要经受同行重复试验的检验，所谓"实践是检验真理的唯一标准"，其内在学理即应源自于此。历史学的研究成果，虽然没办法通过实验室来做重复的试验，但同行学人或是普通读者对这些成果还是可以加以检验的。在我看来，验证这些学术成果的途径，主要是——复核其史料依据以及基于这些史料的论证过程——看它是不是能够站得住脚。若是站不住脚，作者的结论就不宜信从，不管是多大权威提出来的也不行。

这是我对待学术问题的一项重要原则。混迹于学术界很多年，我一直都坚持这项原则，所以时常会提出一些与学界权威截然不同的看法。

本着上述原则来看郭沫若先生这段论述，很容易就会发现，其间存在很严重的问题。

首先，所谓《星河图》是什么时代、什么人写的一本什么样的书，完全无从追索；至少我是无力做到这一点的。检读史籍，我看到的相关情况是，《星河图》本来应书作《河图》，郭沫若先生引述的文字，是见于唐人李善给《文选》所做的注释，具体出处，是《文选》卷一班固《两都赋》篇末《明堂诗》的注文。在这首《明堂诗》中被李善注释的原文，是"于昭明堂，明堂孔阳。圣皇宗祀，穆穆煌煌。上帝宴飨，五位时序"。对此，李善释云：

> 《汉书》曰："天神之贵者太一，其佐曰五帝。"《河图》曰："苍帝神名灵威仰，赤帝神名赤熛怒，黄帝神名含枢纽，白帝神名白招拒，黑帝神名汁光纪。"扬雄《河东赋》曰："灵祇既飨，五位时序。"

这个《河图》，是一种著名的纬书，据云出自西汉（《隋书·经籍志》）。郭沫若先生把它误记为"星河图"，大概与他想把所谓"苍帝"与"星"连接到一起的心情过于急迫有关，即所谓"急中生错"是也。当然把这书的书名写作"星河图"，还可以免却读者对纬书妖妄荒诞性的关注；至少在我看来，"星河"云云是很容易引发读者对于天体知识的联想的。不过郭沫若先生要真是这么想的，可就不是"急中生错"而是"急中生智"了——然而这可不是一个学者应有的治学态度。

请注意，即使是在《河图》这部不大靠谱，甚至也可以说是充满神怪妄言的纬书里面，也没有郭沫若先生讲述的"苍帝即木星"的说法。那么，在他引述的另一种史籍即《周礼·小宗伯》（案郭沫若先生所说《周官》即《周礼》别称）的郑玄注中，有没有这样的记述呢？被郑玄注释的《周礼·小宗伯》的内容为：

> 小宗伯之职，掌建国之神位。右社稷，左宗庙。兆五帝于四郊，四望、四类亦如之。

郑玄相应的注文是：

> 兆为坛之茔域。五帝，苍曰灵威仰，大昊食焉；赤曰赤熛怒，炎帝食焉；黄曰含枢纽，黄帝食焉；白曰白招拒，少昊食焉；黑曰汁光纪，颛顼食焉。

上面这些话，原汁原味，原原本本，同样找不到"苍帝即木星"的说法。因而，郭沫若先生究竟是怎样得出这一见解的，还是找不到答案。

在传统经学家对"五帝"与星体关系的解说中，虽然不敢说绝对没有，但至少孤陋如我，是没有在主流的和通行的笺释中读到把苍帝释作木星的做法的。隋人萧吉在《五行大义》中引录与上述《河图》同样的内容，文字较《文选》李善注稍详，述云"东方青帝灵威仰，木帝也；南方赤帝赤熛怒，火帝也；中央黄帝含枢纽，土帝也；西方白帝白招拒，金帝也；北方黑帝叶光纪，水帝也"。或许这看起来似乎与金、木、水、火、土五星有所关联，但实际上萧吉所说只是以五行与五帝相匹配，而同金、木、水、火、土五大行星依然毫无关系。

唐人贾公彦，在《周礼注疏》之"大宗伯"条下引述《春秋纬运斗枢》讲述说："大微宫有五帝座星。"贾氏继之复引纬书《文耀钩》述云："灵威仰之等而说也。"（《周礼注疏》卷一八《大宗伯》贾疏）以故在疏释"小宗伯"之"五帝"时，只是说"云五帝苍曰灵威仰之等，此于大宗伯释讫"（《周礼注疏》卷一九《小宗伯》贾疏）。从而可知贾公彦对"小宗伯"之"五帝"与天上星体对应关系的看法，就是《春秋纬运斗枢》所说"大微宫有五帝座星"。

顺着"大微宫有五帝座星"这条线索走下去，这个问题就不难得到明确的解答了。

这"五帝座星"，见于《史记·天官书》。司马迁在《史记·天官书》中，把周天星体划分成中宫、东宫、南宫、西宫、北宫这几个区域，逐区叙述其中的星体。在其南宫部分，述云：

> 南宫朱鸟，权、衡。衡，太微，三光之廷。匡卫十二星，藩臣：西，将；东，相；南四星，执法；中，端门；门左右，掖门。门内六星。诸侯。其内五星，五帝坐。

"坐""座"相通，这里所说"五帝坐"，也就是《春秋纬运斗枢》中的"五帝座星"。依据《史记·天官书》的叙述，这"五帝坐"或"五帝座星"是整个太微大星官（这种"星官"相当于西洋天文学所说的"星座"）的一部分。唐人司马贞在《史记索隐》中对这"五帝座"解释说：

> 《诗含神雾》云五精星坐，其东苍帝坐，神名灵威仰，精为青龙之类是也。

对此，较司马贞稍晚，唐人张守节在《史记正义》中进一步详细疏释说：

> 黄帝坐一星，在太微宫中，含枢纽之神。四星夹黄帝坐：苍帝东方灵威仰之神；赤帝南方赤熛怒之神；白帝西方白昭矩之神；黑帝北方叶光纪之神。五帝并设，神灵集谋者也。占：五座明而光，则天子得天地之心；不然，则失位。金、

> 火来守，入太微，若顺入，轨道，司其出之所守，则为天子
> 所诛也；其逆入，若不轨道，以所犯名之，中坐成形。

显而易见，《春秋纬运斗枢》中讲到的"大微宫"，也就是这里所说"太微宫"。通观这些内容，可知包括"苍帝东方灵威仰之神"在内的所谓"五帝座星"中的每一个星体，都必属恒星无疑，绝不可能是五大行星之一的木星。于此可见，郭沫若先生"苍帝即木星"的说法，与历史文献的记载是严重不符的，因而其以苍帝名"灵威仰"而推论此语适可表征木星"威灵之赫赫可畏"，也就成了无根有谈，实在难以确立了。

又如，郭沫若先生引录《尚书·洪范》所述"五纪，一曰岁，二曰月，三曰日，四曰星辰，五曰历数"，推衍经义说：

> 岁、月、日与星辰并列，而在历数之外，则知岁即岁星，而居于首位，在日月之上。下文"王省（《史记·微子世家》引作眚）惟岁，卿士惟月，师尹惟日，庶民惟星"，以王、卿士、师尹、庶民配岁、月、日、星，示有严存之等级，亦其明证也。此文之不得为周末人所讹（伪?）托者，观其月在日之上亦可知之，盖先民重月而不重日，此与后人之观念恰成正反。如此尊重岁星而崇仰之，则以戌名之或为之符征者固其所宜。

说句大不敬的话，这样的论述，真的是有点儿太胡诌八扯了；即使换成正儿八经的学术词语来表述，也不能不说他老先生未免过分强词夺理了。

盖《洪范》所述"五纪"中的岁、月、日序列，列举的正是由年（岁）及月、再从月到日的时间长度单位，岁、月、日三者逐次降低层次，缩短时长，伦次分明，次序井然，而且郭沫若先生引述的《洪范》下文"王省（《史记·微子世家》引作眚）惟岁，卿士惟月，师尹惟日，庶民惟星"，中间是有所省略的，其原文在"师尹惟日"句下叙有"岁、月、日、时无易，百谷用成"云云数语，这更清楚无误地表明了《尚书·洪范》在这里讲述的"岁"，就是年岁的"岁"，也只能是年岁的"岁"，伪孔传以来，历朝历代，解经释典者大多也都是这样理解的。

这些，对于熟读经书的郭沫若先生来说，自然都是一清二楚的，怎么能想把它说成"岁星"就让它成为"岁星"了呢？所谓"英雄欺人"，毋乃过甚。我们这些晚辈后学即使从来没有读过像《尚书》这样的经典，但它毕竟不是什么世人看不到的独家秘本，天下明眼人谁都读得到，只要不是盲从盲信，而像我在前面讲过的那样，稍一复核其书，是很容易看到其本来面目的，从而也就自然会发现郭沫若先生的论证看起来振振有词，实际上却是根本站不住脚的。像这样随心所欲的论述，无论如何也是说不通的，郭沫若谓"必先有岁星而后始有年岁字，因用戊以表示岁星之意"，这一认识，并不像他所宣称的那样"有说"。

　　其实比前面谈到的晋人杨泉更早，东汉人许慎在《说文解字》中就阐释过岁星之"岁"的语义，乃述之曰："岁，木星也。越历二十八宿，宣遍阴阳，十二月一次。"这里所说的"十二月一次"，就是杨泉讲"岁行一次，谓之岁星"这句话中的"岁行一次"，当然也就是郭沫若先生所讲的"岁徙一辰"（附带说一下，"十二月一次"的表述，不够精确，这只是一个大致的说法，盖所谓"十二月"与一岁之"岁"不属于同一系统）。唯郭沫若先生释读此文，称"许君之意，乃谓先有木星名岁，然后始有年岁之岁"，在我看来，这并不符合《说文解字》的本意。许慎在这里只是讲木星的运行规律是"十二月一次"，没有直接阐述其得名的缘由。假如一定要通过字面的形式来揣摩其没有清楚讲述的内涵的话，那么，许慎对岁星得名缘由的看法，理应与杨泉后来的说法相同，而不是相反，只不过在"十二月一次"之后省略掉"谓之岁星"四字而已（附带说明一下，郭沫若先生这一错误解读不仅在中国造成广泛影响，日本学者饭岛忠夫先生在论述岁星问题时亦承用了郭沫若先生的错误说法，说见所著《支那古代史与天文学》）。通观许慎以来直至晋人杨泉和唐人司马贞对岁星得名缘由的解释，可知先有以"岁"名"年"，再以木星每年亦即"每岁"行经一辰，所以人们才会把木星称作岁星，这样的认识，古人是一以贯之的，也是合情合理的。

　　这样，问题就又转了回来，是不是真的像郭沫若先生讲的那样，"如无岁星之阶段，则用戊为年岁字之意无说"呢？也就是古人究竟为什么会以"岁"名"年"呢?

怎样对待这一问题,实际上涉及我们研究历史的一个基本态度问题——这和我们怎样看待现实的认识方法在内在实质上是相通的。这就是古人、今人都是人,而我们认识任何一项人类的行为,首先是要努力确认事实本身;然后,在正确认知事实的基础上,再去分析这一事实产生的缘由。限于客观的条件,在这样的认识过程中,不管是在前面这一个阶段,还是在后面那一个阶段,都有可能会出现无法认知或只能认知部分真相的情况。

基于这样的实际状况,即使目前我们还无法清楚地解释古人何以要以"岁"名"年"这一做法,也不能因为自己不知道"为什么"就拒绝接受这一事实。古人造字用词,令今人不可思议之处殊多,这是时过境迁之后,人类认识恒所固有的局限,本不足为怪。

秉持这样的态度,再来平心静气地探寻古人以"岁"名"年"这一事实,或许还是能够找到对这一事实比较合理的解释,或是发现二者之间的联系。

关于这一问题,我们首先要了解"岁"字的确切含义,再来思索"岁"字与这一含义之间的关联。

在前面,我曾用"年年岁岁花相似,岁岁年年人不同"这样的诗句,来向大家形象地说明"年"就是"岁","岁"就是"年"。但这既是一种通俗的说法,也是一种宽泛的、很一般的表述形式。更加专业的说法,或者是就其狭义的语义而言，古人对待"岁"和"年"，是有严格区分的：这就是东汉大儒郑玄所说的"中数曰岁，朔数曰年"（《周礼·春官·宗伯·太史》郑玄注）。郑玄讲的"中数"，即指近乎恒定的回归年长度。如司马迁在《史记·历书》中所述，这种"岁"起始于冬至之日。《周易》云"寒往则暑来，暑往则寒来，寒暑相推而岁成焉"（《周易·系辞下》），讲的也是这样的"岁"。"朔数"，则指汉代历法中叠加累积朔望月份而形成的"年"的长度，其每一年的起始时间，为正月朔旦，司马迁称之为"王者岁首"（《史记·天官书》)，《春秋》开篇就俨乎其然地写下的"王正月"三个字，实质上表述的也是这个意思，这与上述一岁之"中数"有着明显的差异。也就是说，作为比较专业的术语，是把作为回归年的"太阳年"称作"岁"，这也就是狭义的"岁"，而积月而成的"太阴年"才是狭义的"年"，班固《白虎通》所谓"据月言年"，讲的就是这个意思。

如果再稍微做一点儿常识性解释的话，所谓回归年，在今天，是指地球环绕太阳运行的一个完整周期，所以我们才会把这一周期称作"太阳年"。但古人没法脱离地球看到这个星球怎样围绕太阳转，实际上是站在地面上看到太阳在围着大地走，我们今天把这种太阳相对于地球的空间位移，称作"太阳视运动"。

这种太阳视运动的轨迹，可以用下面这样一个椭圆来表示（对于古人来说，在很长一段时间内，这重轨迹，其实是个标准的正圆圆周）：

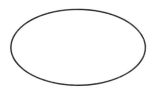

大家需要注意的是，这样一个椭圆形的轨迹，是循环往复、无始无终的，而这样没开头没结尾的轨迹是无法借用过来作为表示时间的长度单位的。若用图形来表示，时间的长度，一定是一个线段，而不会是周而复始的环。这样就需要把这个椭圆轨迹从中切分开来，如下图所示：

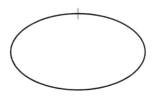

在浙江省博物馆编著的展览图册《越王时代——吴越楚文物精粹展》中，推出的第一张文物图片，就是这件铜钺。展览图册的文字说明写到，铜钺因其"华丽、美观的特征，就成了象征权力、威严的礼仪用物，作战时成为军权的象征"。这话讲得很好，这种铜钺，象征着君王的权力，象征着君王的威严，因而也可以说是一件具有神圣意义的器物。我们不妨假想一下：用这种神圣的器物去切分太阳视运动的轨迹，也就是去切分所谓"天道"，应该是一种合理的推测；至少是一种有相当理由的推论。

那么，这样的推论能不能像很多自然科学的假说一样得到实际的验证呢？这可以说没有，也不妨说有。说它没有，是因为到目前为止，我确实还没有看到直接的证据，也就是现在网络语言所说的"实锤"（不过我是近日才临时思索这一问题，没有什么积累，世间是不是存在直接的证据，还不好说）；说它有，是因为我们确实可以看到一些很具体的要素，向我们表明，在上古时期，钺同天文以及人们的用历存在着非常密切的关联。

特别注重通过考古学手段研究古代天文历法的冯时先生，注意到上海博物馆收藏的一件二里头文化青铜钺，以为其表面圆形排列的十二个用绿松石镶嵌的"十"字图案，体现的是一年十二个月（德勇案：关于这一点似乎还可以更为深入地加以探讨，在此姑且置而不论），冯时先生描摹其图像形态如下：

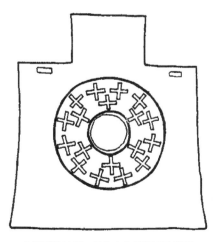

上海博物馆藏二里头文化青铜钺示意图

根据这样的解释，冯时先生认为，这些绿松石图案表明，这个铜钺是一件具有强烈天文历法象征意义的物品（冯时《中国天文考古学》）。因而，我认为这件二里头文化的铜钺，在很大程度上是可以印证拙说，证明以这种"神钺"来截断日行轨辙的假想是合乎古人的天文历数观念的。

又《史记·天官书》记载"东井为水事，其西曲星曰钺。钺北，北河；南，南河"，《汉书·天文志》将"钺"字写作"戉"，应该是存留了西汉人的实际用法。以钺（戉）星作为区分北河与南河这两个星官（星座）的标志，显示出在当时人的观念中，天上的这条"河"，同地上的河水（案即黄河）一样，每一段水流都是相互贯通的，现在区分为所谓"南河"与"北河"，乃是动用钺（戉）来把这条水流横切开来成为南、北两段的。这柄横截天河的"钺"（戉），同样显示出一种神圣的权威。

基于这样一些旁证，我想，人们也就有理由把用钺截开的那一个个太阳视运动轨迹的线段，称之为"钺"——最初应该是写作"戉"——而这实际上就是"岁"字的初形，也就是古人以"岁"名"年"、以"岁"称"年"的由来和缘起，即由以"戉"切割连续不断的时间，推衍到用"戉"来指称被它所切分开来的那一个时段。

进一步延伸上述认识，首先我们应该再一次严谨地确认，所谓以"岁"称"年"，至少其原初的语义，指的是太阳年。那么，一个显而易见的问题，就摆在了我们的面前：为什么人们要采用"岁"这一概念来表述相当于"年"这样的时间单位？

谈到古人表述相当于"年"这个时间单位的术语，包括我们在座的各位朋友在内，很多人自然而然地会首先想到《尔雅》讲述的情况，即"夏曰岁，商曰祀，周曰年，唐虞曰载"。这段话看起来好像讲得很顺，实际上却有一个很怪异的地方，这就是由夏至商、再从商到周，这夏—商—周三代上下前后的承继次序，很自然也很顺溜，可是在"周曰年"之后却陡然冒出来一个"唐虞曰载"，就显得很不自然，也很不顺溜了。

为什么？这是因为所谓"唐虞"，指的是由神尧圣舜分别统治的唐、虞之国，尧帝和舜帝，当然都在夏朝的前面，禹继舜位，才有所谓夏朝的创立。所以"唐虞曰载"一语理应放在"夏曰岁，商曰祀，周曰年"诸语的前面，而我们现在看到的情况，则与此恰恰相反，是被置放在了这一年岁表示方式序列的末尾。

那这又是为什么呢？这是因为《尔雅》本为训诂之著，乃前后累积，抄撮成书，"唐虞曰载"这句话应是较晚时期续增的内容，所以才会出现这样的错位现象。我们现在看到的实际情况是，"岁""祀""年"诸语，都见于上古时期的确实可信的原始史料，因而可以确认这些词语都是上古时期实际使用过的时间单位，而"载"仅见于其信实性和著述时代都充满争议的《尚书·尧典》，情况显得比较微妙，故人们有理由怀疑，这一词语未必真的曾经应用于上古社会。

对所谓夏朝的认知和表述，是一个非常复杂的问题，在此姑且置而不论。但我们在殷商早期的卜辞中可以看到，当时是多用"岁"字来表述"年"这一语义的，诸如"二岁""三岁""五岁""十岁"，等等。这虽然不是夏，却是从所谓夏朝刚刚过来之后不久的事情。这个时期用于纪时的"岁"字到底指的是什么样的"年"，单纯看载录它的甲骨卜辞，一时还很难做出清楚的解答。

为了更好地解答这一问题，我们不妨将视线向长延伸，看看接下来的情况。如上所述，这种以"岁"名"年"的制度，主要盛行于早期卜辞的时代，到了晚期亦即商代末期的卜辞，即已多改而以"祀"称"年"。

商代的纪年用语之所以会形成这种改变，一般认为，这是由于商朝晚期按照翌、祭、壹、叠、彡五种祀典举行"周祭"，亦即遍祭其先王先妣一轮的一个"祀周"总共用时三十六旬或三十七旬（这一时代大致从廪辛时期开始），也就是历时360天或370天，与一个太阳年的长度365又1/4天非常接近，而这一轮宏大的祭典，就成为一"祀"，所以，当时人就用这个祀典的"祀"字来代指与其时间长度相当的"年"。

不过在我看来，商人"周祭"用时长短与太阳年长度这二者之间的关系，或许应该颠倒过来：即正因为一个太阳年的长度比三十六旬长那么几天而又比三十七旬短那么几天，所以，殷人才刻意将这一"周祭"的周期设为或三十六旬或三十七旬。盖如同相关学者已经指出的那样，"设置三十七旬型周期的目的是为了调整三十六旬周期（360 日）与太阳年日数（365 日）之间的差距的。一个三十六型周期加有一个三十七型的周期是 360 日加 370 日，等于 730 日，平均 365 日，正接近于一个太阳年的日数"（常玉芝《殷商历法研究》）。此外，如商王廪辛被排除于"周祭"的祀典之外，或许也与这种祭祀周期的限制有关，即为凑成其数，不得不削足适履，特意设置某种理由剔除了廪辛。

显而易见，这种与"周祭"之"祀周"时间长度相当的"祀"，表示的只能是太阳年。晋人郭璞注释《尔雅》"商曰祀"句云："取四时一终。"古人所谓"四时"，是指一个太阳年回归周期中的四个阶段，它同以月份组成和划分的"四季"有着实质性的差别，所以郭璞显然是把"祀"字看作表示太阳年的名称。既然如此，那么，依据正常的情理来推测，商人在此之前所使用的纪年词语"岁"，就更应该是表示太阳年的纪年单位了——这也符合前面所说作为纪年单位的"岁"字的本义。

更清楚地讲，我推测"岁"字从一开始表示的就是一个太阳年，这既符合以"岁"名年的本义，也契合商人纪年的实际情况。

当然，上面和大家讲的这些，只是我一个很粗疏、很不成熟的看法。实际上，关于商代"年"的性质，还有一些很重要的基本问题，有待进一步澄清。

这主要是商人过的到底是纯太阳年，还是像现在民间所说"阴历"那样的"阴阳年"（这是我杜撰出来的词语，用以指称阴阳合历的"年")？专门研究殷商甲骨问题的学者，总的来说，都以为殷商时期过的是积月成年的"阴阳年"。可是，这种所谓"阴阳年"，同前述"周祭"之"祀周"的时间长度是存在很大差距的，商人用"岁"称"年"本来用得好好的，为什么竟会改用这个与之长短差距很大的"祀周"来替代它（这是按照这样的论证逻辑，需要假定商人一直行用所谓"阴阳年"，原来使用的"岁"也要假定为指称"阴阳年"的词语）？这本身就是令人费解的，或者说是很不符合逻辑的。

对基于"祀周"的"祀"同阴阳合历的"阴阳年"的矛盾，有些专家，就把它随便放在那里，不做任何解说。例如常玉芝女士，她一方面非常清楚地讲道："由商代晚期周祭的祭祀周期得知殷历的'年'是太阳年，殷历年的长度即岁实在360至370日之间。……殷历年是太阳年。"我想，这是基于甲骨卜辞实际情况做出的合理判断，或者说是一种实事求是的认知。可是，与此同时，她又说道："殷历月是太阴月，又有闰月的安排，……因此，有殷一代行用的历法是阴阳合历。"（常玉芝《殷商历法研究》）可是，如果是阴阳合历，过的就是"阴阳年"，也就是通过闰月来调节各个年份长短的、实际上不是个年的"年"，所谓殷历年就绝不可能是太阳年；反过来说，假如殷人过上了太阳年，就绝不可能用什么"阴阳合历"，也绝不需要，并且绝不可能安插闰月。这是两套完全不同的体系，所谓方枘圆凿，是怎么也弄不到一起去的。

其他从表面上看似乎稍显圆通的做法，如陈梦家先生说商人是在行用阴阳合历，也就是过"阴阳年"的前提条件下，"借用祀周之'祀'为年的单位"。但与此同时，陈梦家先生也承认："到了乙辛（德勇案：应指商末帝乙、帝辛）时代，……一祀在 360—370 日之间，和一个太阳年相近。因此，乙辛时代的'祀'可能即一年。……周人借'祀'为'年'，则西周之初的'祀'已是时间单位。"（陈梦家《殷墟卜辞综述》）只要抛弃其他先入为主的成见，仅仅前后连贯地看待他自己的这些说法，我想，周人以"祀"称"年"是承自商人的用法，而商人以"祀"称"年"，是缘于其"一祀在 360—370 日之间"，也就是一个太阳年的时间长度，这应该是不容置疑的结论。

那么，到底是什么原因致使像陈梦家、常玉芝这样的专家最终得出了前面所说的那样的结论呢？

这主要是缘于他们对商人闰月的认识。商人用历有闰月，这几乎是学术界所有关心这一问题的人众口一词的看法。这是因为人们在卜辞中可以看到十三月甚至十四月的记述，还可能在一年中有两个相同的月份——这些情况，意味着殷商时期可能行用过闰月。所谓"闰月"，是指在正常的一年十二个月以外多出来的月份。那为什么会有"多出来"的月份呢？这就是为了把完整的月份，也就是一个朔望月容纳到太阳年里去。可是，若在一个太阳年里安排十二个月，就会比一年短些天；若安排十三个月，则又多出一些天。解决的办法，只能是多数年份设置十二个月，再在一个长周期内，也就是若干年间有规律地间隔着多安插进一个月去。在这种情况下，比十二个月常规年份多出的这个月份，就是所谓"闰月"。这样一来，有带闰月的长年，就是所谓的"闰年"；有不带闰月的短年，就是所谓的"平年"。人们过的年份，或长或短，其实没一个真正的"年"。这种"年"，就是我在前面反复提到的、我自己杜撰的称谓——"阴阳年"。太阳年当然不是这样，纯太阴年也不是这样，加入闰月，就是为了调整这种积月之年与太阳年的切近程度，这是所谓"阴阳合历"的核心内容。

明白了闰月与"年"的这种关系，大家现在也就很容易明白，眼下我们面临的问题是一种选择：是选太阳年，还是选"阴阳年"？

事实上，现在研究殷商史和古代天文历法的学者，选的基本上都是"阴阳年"，即使像常玉芝女士这样，虽然表面上说"殷历年是太阳年"的学者，实质上也是把当时商人所过的"年"当作"阴阳年"看的，不然的话，她也就不会承认商人有闰月了。

不管是在殷商史研究领域，还是在甲骨卜辞研究方面，或是对中国古代天文历法的认识，与他们这些学科的专家相比，我都是十足的外行民科，也可以说是个实心儿的棒槌。尽管如此，既然这是一个求真求实的学术问题，既然我目前还不能很好地理解并且接受这些专家的看法，就还是想要按照自己的思索，谈谈自己的认识。

首先，我想先承认商代晚期以"祀周"为标志的太阳年是确实存在的，也是在社会上实际而且普遍地施行的。

关于这一点，只要看一看山西襄汾陶寺遗址发现的早期天文观测设施，大多数人应该能够理解，早在新石器时代晚期，先民就已经有了系统、具体和较高水平的天文观测，而这种设施的基本功能，就是观测太阳视运动的周期变化。基于这种状况，我们有理由推断，商人完全有能力大致测定太阳视运动周期的时间长度，这也就是一个回归年的时间长度。所谓"大致"，就是像商人三十六旬"祀周"或三十七旬"祀周"所体现的，这一时间长度是在 360 天与 370 天之间，约略接近于一个太阳年的平均日数 365 又 1/4 天，上下变动的幅度，不过在五天左右，《尚书·尧典》所说"朞三百有六旬有六日"，虽不能说就是商人测知的太阳视运动周期，但可以说二者相差不远。

在这一认知的基础上，再来看商朝后期有意以三十六旬"祀周"与三十七旬"祀周"相互间隔、交替配置的做法，就不能不承认，这是在按照太阳视运动周期的长度来调整"祀周"的长短。这样做，一是因为商人尚且无法准确地测知太阳视运动周期的长度，二是因为商人的"祀周"以"旬"为基本单位，依"旬"设置的"祀周"只能这样调配。

假若商朝后期确是如此，那么，在这一王朝的前期，他们也理应过同样的太阳年。这是因为所谓"阴阳年"是一个远比"太阳年"复杂的纪时体系，在古时，也有很多的合理性（主要是照顾了月亮公转的完整周期和月相对人们生活的影响），若是商朝前期就已经进入了"阴阳年"阶段，那么一般是没有到了商朝后期反而又倒退回太阳年的理由的。

按照我们今天一般理解的太阳年体系，譬如中国和世界上很多国家共同使用的所谓"公历"，虽然也有"月"，作为"年"的下一级纪时单位，但这种"月"只是大致参照月球公转周期对"年"所做的十二等分（尽管每个月的长短只是大体相近，并不完全相等），其每个月的月首可以是"月相"变换周期中的每一天，同月亮的圆缺状况，也就是所谓"月相"完全没有固定的对应关系。

但"月"本来的含义并不是这样，起初它是以月球公转周期，也就是"月相"变化周期的时长为基准的一个纪时单位。按照这一初始含义，标准的太阳年，是根本无法兼容月份的。这体现为：第一，太阳年的时长不是月长的整倍数，所以一年中一定会存在不完整的"月"（即十二月之后的第十三个月，肯定是有头无尾，绝对不会完整的），而且往往要有不止一个这样的"月"；第二，太阳年的岁首，不可能与一年开头的正月的月首重合。

那么，这又意味着什么呢？——这意味着如同前文所说，真正的太阳年根本不必设置闰月，也不会设置闰月；这更意味着商朝的"月"，很可能与现在大家熟知的太阳年，也就是所谓公历完全不同，即它与"年"之间很可能是另外一种匹配关系。

事实上，研究殷商甲骨卜辞的专家们，在这一方面，早就做过很清楚的总结和表述，即商人每"祀"，这也就是我所认为的商人每"年"的岁首，是启始于祭祀上甲的甲日，而不是正月的朔日或是腓日（陈梦家《殷墟卜辞综述》）。

了解到这一情况，我们就很容易理解，在商人的太阳年里，其岁首与正月初一是不一定会处在同一个日子的；换句话来说，显而易见，除了个别的巧合之外（这一天，正好碰上了祭祀上甲的甲日），它的正月大多是不完整的，可能开始于初二以后的每一个日子。这种情况表明，除了年终的最后一个"月"之外，其每年开头的第一个月很可能也是不完整的。前面我说商人一年中往往会有不止一个不完整的"月"，就是基于这一点。

在这种情况下，商人的太阳年，是无法贴切地以年统属月份及月份下面的每一个日子的，即商人用历中的月份，并没有被完整地纳入这些月份所对应的太阳年，这可以说是在施行一套与太阳年约略对应并相互平行的太阴年体系。实际的做法，应该是在太阳年的时间轴上，配入每一个具体日子所在的月。譬如太阳年岁首甲日所在的月份，即为一月。这个甲日可能是初一，也就是朔日，但更有可能是初二以下的任意一个日子，当然也可能是十五，或者三十，也就是望日或者晦日。

像这样思考商朝"年""月"之间的关系，可以让我们对商人所谓闰月做出另外的解释。

关于商朝所谓闰月，现在通常认为有两种形式。一是年终置闰，体现为这一年有十三月，甚至十四月，即所谓"年终置闰"；二是设在一年中间的某个月，其做法，是重复某月份的名称，如连着有两个四月、五月之类，即所谓"年中置闰"（顺便说一下，"终""中"同音，听起来完全是一回事儿，改叫"年间置闰"该有多好）。

关于商人闰月的综合性研究，较早的学者，可以举述陈梦家先生为代表；晚近以来，则可以举述常玉芝女士为代表。陈梦家先生以为，大致来说，迄至武丁时期，商人一直实行年终置闰，自祖庚、祖甲以后，始改行年中置闰（陈梦家《殷墟卜辞综述》）。常玉芝女士后来提出的看法，是认为"殷代有年终、年中两种置闰方法，早期的武丁、祖庚时期多见'十三月'的年终置闰，但也有不少年中置闰的例子，……晚期的黄组卜辞的时代仍有年终置闰是没有问题的，晚殷铜器铭文中的'十三月''十四月'的记录就是明证；……由此看来，在整个殷商时期，年终置闰法和年中置闰法是并行的，根据早期卜辞中'十三月'出现得较多来看，可能早期行年终置闰较多一些。"（常玉芝《殷商历法研究》）所谓后来者居上，就对客观材料的总结归纳而言，常玉芝女士的工作，自然较陈梦家先生更为完善。

归纳他们的研究结果，关于所谓"闰月"的认定，我想可以概括出如下两个要点：（1）所谓年终置闰，从表面上看，似乎是有清楚证据的，即"十三月"或"十四月"记录的存在。（2）所谓年中置闰，是通过一些时序连续的卜辞干支，发现有些属于同一月份的干支，无论如何也容纳不到一个月之内，这意味着同样的月份名，譬如都是 M 月，实际是指两个不同的月份，故其中后面的那个 M 月，只能是"闰"前面那个月份，即后世很晚的时候才有的称谓——闰 M 月。

下面，我想先从后一点谈起，谈谈我对这一问题的疑惑。

这里首先令我质疑的是，如前所述，所谓闰月，是指在正月至十二月之外所增多出来的那一个月的意思，这是缘自"闰"的本义，即表述"增多出来"的意思。缘此，称作"十三月""十四月"，固然可以表述这一语义，可若如前所示的例证，要是在 M 月之后再多增出个一模一样的 M 月，单纯看月份名称，并不能体现这一重"闰"的语义。

另外，两个一模一样的 M 月，在独立纪事时，这个闰月同与它同名的正常月份，也根本没有办法相互区别，这有违基本的人情事理，会给各个方面的社会行为，造成很大混乱。我认为，那些与世隔绝、困守书斋的书生，或许可以这样想，但对多少有过一点儿实际社会工作和社会交往的人来说，都实在是难以设想的事情——因为这样一来事儿就没法办了。

过去罗振玉先生在研究殷墟卜辞的闰月时，总结传世文献所见闰月的称谓方式，称"古时遇闰称'闰月'，不若后世之称'闰几月'"（罗振玉《殷虚书契考释》卷下《礼制》第七）。遇闰只称"闰月"这种称谓形式，等于直接标明这个月就是多出来的那个月份。检核《春秋》以迄《后汉书》等史籍，可证罗振玉先生所言不诬。通看并观后世对闰月的称谓形式，愈觉商人若是以这样的形式来做年中置闰实在不合乎情理。

其次是若如常玉芝女士所云，商人同时并行年终置闰法与年中置闰法，显然很不合理。这是因为与年终置闰法相比，年中置闰法可以调节冬至等各个太阳视运动节点与特定月份的关系，譬如可以将冬至固定在十一月。这对人们按照月序来安排生产生活具有重要作用，相比之下，年终置闰法要落后很多。所以，在一个稳定的朝代之内，一旦采用年中置闰法之后，很难想象其还会混杂着行用年终置闰的制度。同时，在同一王朝的同一时期，若是并行有年终置闰与年中置闰两种方式，那么，他们对多增出来的这个闰月，理应采用相同的称谓方式，即若年中增置的闰月，是采用重复上一月月名的方式，那么年终增置的闰月，也应采用同样的方式，只是称作"十二月"。像现在我们看到的这样，忽此忽彼，在实际应用中也必然会给人们造成很大的困惑。

若是变换一下思路，按照我的设想，即把商人的"月"，看作是另一套与太阳年平行的太阴年纪时单位，那么，商人的十三月就可以解作一个太阳年中在年末所赶上的第十三个月，如前所述，就像年初的正月大多并不会是一个完整的"月"一样，这第十三月通常也是不完整的，即有头无尾：一个月还没过完，就进入了下一年；这个月的后半月，成了下一年的正月。

按照这样的思路，也能更为合理地解释，为什么他们的一年会有十四个月的时候：即在三十七旬一祀的年头，岁首之日赶在了一个月的月末，这样，这一年的正月（一月）便只过了寥寥几天，而最后一个月十四月，也只过了这个月开头的三两天。说是十四个月，实际只是比十二个月多了十来天。

　　不然的话，按照现在通行的解释，说商朝人行用的是我讲的那种"阴阳年"，看到有十四月的记录时，便以为这一年设置了两个闰月，我觉得这是很难说得通的。因为当时由三十六旬或三十七旬所构成的周祭制度，已明显体现出商人对太阳年的认识已经比较清晰，如常玉芝所云："其历年长度的平均值已接近于一个回归年的日数了。"（常玉芝《殷商历法研究》）在这种情况下，怎么可能出现因失闰而需要在一年中增置两个闰月的情况？这实在太不可思议了。

　　虽然按照这样的解释，还存在一些不易解释的现象，例如在西周早期的叔矢方鼎、邓公簋以及西周晚期或春秋早期的都公諴鼎铭文中还可以见到"佳十又四月"的记述形式，这显示出在较晚的阴阳合历体系中确实可以出现较十二个月增多两个月的情况，这看似同我上面的说法直接抵触，但综合考虑前述各项情况，我觉得这是在"阴阳年"体系下，由于以月积年体制的强化凸显，十二个月一年这种纪年形式的普遍化和凝固化，才会在特定地区和时代偶然出现的个别现象，当时自有其特殊缘由，而这并不一定会具有一般性的意义（案李学勤先生《眉县杨家村器铭历日的难题》一文，已指出西周历法"闰月置于岁末，称'十三月'，却不能有'十四月'。'十四月'的出现，只能是历日发生错乱的结果。'十四月'不一定是由朔到晦的一个整月，也可能只有若干日，用以调整历日的错误，成为所谓补偿月"。此文收入李学勤先生的论文集《文物中的古文明》，商务印书馆，2008 年）。与此相关的是，传世文献中还有一些记述，显示春秋中期以后似乎还有"再失闰"的现象（《左传》襄公二十七年），这好像可以佐证叔矢方鼎、邓公簋以及都公誠鼎"佳十又四月"铭文的合理性，但已有学者指出，这是一种基于错误岁首做出的错误推算，实际上并无"再失闰"的事情发生（张汝舟《春秋经朔谱》，见作者文集《二毋室古代天文历法论丛》。又张闻玉《古代天文历法讲座》）。至于殷墟卜辞所显示的一年当中看似有两个一模一样的"M月"的情况，疑云重重之下，我想研究者或许应该从另外的角度尝试着对它做出新的解释（诸如习刻、误刻的情况，就不一定能够完全排除），不过现在我还没有找到合适的途径。

当然，这只是我综合考虑相关情况，对商人之"年""月"关系所做的一个很初步的推测。这样的想法，似乎从未有人提出过，很有些"非常异议可怪之论"的味道，也许有人觉得就是彻头彻尾的"非常异议可怪之论"，甚至是无稽之谈。但上面我讲的那些疑惑，是我个人在传统的认识中无法找到解答的，所以才重新做出思考，有了这样一些极其初浅的认识。在这里，把它讲出来，主要是想求得有识学人的指教，同时也希望有更多的人来深入探索与此相关的各项问题。

我们研究历史问题，由于资料的限制，得出正确的认识，往往是一个漫长而又复杂的过程。在这一过程中，囿于既有的思路，往往会造成认识的盲区，而换一个思路，变一个角度，或许就可以走出盲区的阴影，极大地改变旧有的认识。我经常对学术界通行的成说提出一些不同的看法，在认识方法上，就是基于这样的考虑，希望各位朋友能够理解。

虽然没有什么直接的证据，但我仍然可以从一些相关的现象中找到对自己这种想法的印证。

其中之一，是继商而兴的周人，从西周初年起，即极重所谓"月相"（月象）或"月分"，这在西周铜器铭文中有清楚的体现，而这恰与殷墟卜辞中从未发现同类记录的情况形成鲜明的对照。结合商人行事特别注重甲乙丙丁等天干组成的旬制，其每一祀，也就是每一年都是启始于旬的首日甲日而不是月初朔日的情况，我想有理由推测，这种截然不同的变化，或许正是同商人之"月"与"年"并没有能够融合为同一个体系有关。

其中之二，是周人比较完备的纪时形式，通常是"年序—月序—月相或月分—干支日序"这样的格式，如"佳（惟）王十又二年三月既望庚寅"（《走毁》铭文）。其实质性意义，在于以年统月，以月统日（其简略形式，只要年、月具备，也是以月统日，月序在前，日序居后）。这样的载录形式，与商代铜器铭文和殷墟卜辞所见商人对年、月、日关系的表述，形成鲜明的对比：商人是先讲纪日的干支，再在相关纪事后附带补充说明一下这个日子属于"某月"或"才（在）某月"——这意味着很可能只是这个日子摊在了这个外来的月份，而不是特定月份下面统属的一个日子。这样的情况，当然也可以在一个侧面，印证我的想法。

上面绕了一大圈儿，啰里啰唆地讲了很多话，不外是想更加具体、更加实在地说明，古人以"岁"称"年"，是有商朝行用太阳年这样一个切实的基础。不过，这只是我从事学术研究喜欢刨根问底钻牛角尖儿，才想要从这一方面找到缘由。其实即使依从现在学术界的通行说法，以为商朝行用的是"阴阳年"，也并不妨碍因以"戉"（钺、岁）断轨（太阳视运动之轨迹）而以"岁"名"年"的推想。这是因为所谓"阴阳年"也是以太阳年为主而硬往上添凑"太阴"，也就是月份，故"阴阳年"的时长虽然较太阳视运动周期有相当程度的偏差，可也差之不甚久远，约略地讲，仍然可以用"岁"来体现这一时间长度。

最后回到这次浙江省博物馆展出的这件铜钺上来，看看这件铜钺表面的图案与年岁之"岁"更加具体的关联。在载录这次展出文物的图册《越王时代——吴越楚文物精粹展》上，馆里的研究人员介绍说，铜钺正面表面"下部以弧形边框底线代表狭长的轻舟，上坐四人，头戴羽冠，双手持桨，奋力划船"。这样的解说，简明扼要，非常得当。

若是按照我在前面对"钺"与"岁"关系的解释以及"岁"字的太阳年本义，那么，这四个奋力划船的羽人，未尝不可以视作四时之神的形象。《尚书·尧典》里有羲仲、羲叔、和仲、和叔"四子"，分主四时，即可视作这四时之神的真身。如前所述，所谓"四时"是指一个太阳年回归周期中的四个阶段，因而由这四个羽人划进的轻舟，也就表征着日轮的运行，表征着一个流动着的完整的太阳年。

　　大家还记不记得我在前面提到的《尔雅》云"唐虞曰载"的说法？我想，这个"载"不妨理解为日轮乘车在天上运转历程中的一个轮回周期。车载是载，舟载也是载，因此，循四时以成一"载"，就是这件铜钺表面图案的象征意义。"载"是太阳年，"祀"也是太阳年，因而这也就是郭璞注释《尔雅》"祀"字所说"取四时一终"之意也。我们看东汉人蔡邕《独断》释"载"字语义，谓"载，岁也，言一岁莫不覆载，故曰载也"（《独断》卷上），又晋人郭璞注《尔雅》也称"载，取物终岁更始者也"（《太平御览》卷一七《时序部·岁》引《尔雅》郭注），明此"载"与"岁"的同义异名关系，则尤可见这件铜钺（戊）与"年岁"之"岁"的内在关联。

　　就讲到这里为止，不知大家觉得我讲的有没有那么一点儿道理？

　　　　　　　　　　2019 年 8 月 20 日下午讲说于浙江省博物馆

古钺续谈

前此，我在《说岁释钺谈天道——由浙江省博物馆展出的铜钺讲起》那篇讲稿里，曾经提出一个很不成熟的看法，即古人以"岁"名"年"的缘由，是因为狭义的或者说原初意义上的"岁"本来是指今人所说回归年，也就是所谓"太阳年"，而"岁"字的初形与斧钺之"钺"的初形是同一个"戉"字，以这种具有神圣权威意义的"戉"来切断太阳视运动连续不断的轨迹，这切分开来的时间长度便是一个"岁"——即由以"戉"切割连续不断的时间，推衍到用"戉"来指称被它所切分开来的那一个时段。

那么，这次在清华大学艺术博物馆展出的这件商代后期的铜钺呢？

在这次展出的众多精美展品中，最吸引我注意的，就是这件铜钺，而这件铜钺上最吸引我注意的内容，则是铜钺上那个蟾蜍。

《淮南子·精神训》记云"日中有踆乌，而月中有蟾蜍"，

陕西洋县出土商晚期蛙纹钺及其蟾蜍图形局部

循此说，从很早起，蟾蜍就成为月亮的典型标志。所以，我们才会看到诸多古人在月亮上画出蟾蜍图形的画面。

由于"岁月"之"月"依循的是朔望月的周期，所以，标志着月轮的蟾蜍，同样也就可以作为"岁月"之"月"的标志符号。

按照这样的理解，我们就可以在这件铜钺上更为清楚地看到我在前面讲述的以"戉"名"岁"（"年"）的道理：

——因为这件商代晚期铜钺上的蟾蜍图形，适可佐证"钺"（"戉"）字的"年岁"语义。盖岁月相依相连，都是时间的长度单位，二者依循的又是同样的"天道"，月亮的运动轨

西汉墓壁画上的女娲与月亮
（洛阳市文物管理局等编《洛阳古代墓葬壁画》之《磁涧西汉墓壁画》）

东汉伏羲女娲画像砖
（俞伟超等主编《中国画像砖全集》之《四川画像砖》）

迹同太阳的视运动轨迹一样，周而复始，循环往复，都需要动用"钺"（"戉"）这个神器来切分，这样才能度量，才能用作人们生活的时间单位。

此稿为 2019 年 9 月 28 日下午在清华大学艺术博物馆
周秦汉唐文物展所附学术研讨会上的发言要点

就高考准备中的"建元与改元"
问题答网友问

　　今天上午，在我的新浪微博（XinDeyong）中看到一位中学老师发来的私信。信中谈道："高考模拟考试题中频繁出现一道关于'建元与改元'的文学常识题，答案设置不一样，有说建元是新皇帝继位建立年号，改元是皇帝在位期间改换年号；又有说建元必须是开国皇帝建立年号，同一朝代后来新皇帝继位不能叫建元，而是改元。百度搜索到您著有《建元与改元》一书，详读怕来不及给学生解答问题，看到您有微博，就想来请教一下，盼望辛老师点拨一二，助我们备考。"说句实话，这个问题看似简单，实际上并不太好回答，一方面是因为高考只能有唯一的、绝对的答案，而用这种方式是难以准确解答这一问题的；另一方面是因为我学识有限，严格地说，并不具备清楚解答这一问题的资格。

　　不过高考在即，如同这位老师所说，"建元与改元"这样的模拟题又是"频繁"出现，相信有很多考生和他们的老师、家长像这位老师一样，也很想了解一些相关的知识，而我恰巧有一本书的名称与这个问题一模一样，做过一些与这一问题相关的研究，所以，在这里也就尽自己所知，给大家提供一点儿参考。

首先，按照我的理解，这似乎不应该是一个语文课方面的考题，而更应该是一个历史课的考题。不过就我所看到的一部分中学历史教材来说，类似的具体的历史知识，实在是少之又少，现在知道在语文教学的文学常识内容中会涉及这样的问题，我感到非常高兴。来到北京大学教书后，我了解到北京大学中文系本科生的录取分数要大大高于历史系，对其原因，一直迷惑不解。现在，这一情况，令我推想，中学历史教科书缺乏足够的具体知识而充满空洞的概念（其实大学的历史课，比中学更缺乏具体的历史知识），令学生们对历史课的学习缺乏兴趣，至少应该是造成上述局面的原因之一。

"建元与改元"这一问题，与年号的使用密切相关，首先是一个纪年制度的问题，所以它是一个历史学的研究内容。在历史学的层面，若是直接、简要地回答这一问题，就我对史籍十分有限的阅读经验而言，一般来说，在中国古代，通常只有开国皇帝在设立第一个年号时是被称作"建元××"的，同一王朝后续继位的新皇帝，因为死去或是被驱离帝位的老皇帝已有行用的年号在先，新的皇帝一般要重新启用一个年号，通常是把这一行为，称作"改元"或是"改元××"；另一方面，开国皇帝在启用第一个年号之后若是再启用另一个年号，也可以称作"改元"或是"改元××"。

但这不能说是绝对的用法。一方面,"建元"这个词,就其字面语义来讲,可以是指启用任何一个年号,所以不能排除个别人在一些特定的语境下用"建元"一词来指称某一皇帝启用任何一个年号。另一方面,实际的情况,相当复杂,不能一概而论。

就以我上面讲的"只有开国皇帝在设立第一个年号时是被称作'建元××'"而言,中国历史上行用的第一个年号,就不是这样。中国的第一个年号,是西汉第七位皇帝汉武帝刘彻在其第七个纪元的第一年创立的(年号创立的这一年,便被称作太初元年),刘彻既不是开国皇帝,也不是一即位就使用了年号来纪年。

这个问题,看似简单,但却非常复杂,涉及一系列重要的历史问题。我的《建元与改元》,其中有一篇文章,就是论述这一问题。下面,就结合我的这本小书,给大家谈一下年号纪年法的产生过程,这实际上是关于建元、改元以及年号纪年制度最基本的知识。

在汉武帝创立年号纪年制度以前,社会上普遍行用的纪年方式,是当时人记述某帝王在位期间的史事,只标记其在位年数,无须标注出具体是哪一位帝王,通常都是从帝王在位的第一年亦即"元年"起顺序排列下去,写成元年(帝王即位的第一年,一般写作"元年",而不称"一年",后来在个别特殊的时期,也有将"元年"写成"一年"的,如王莽的"始建国天凤"这一纪元,第一年就称作"一年")、二年、三年、四年、

拙著《建元与改元》

五年，等等，依此类推。凡老帝王故世、新帝王即位，就重新从元年起算，再同样以元年、二年、三年、四年等形式纪年，顺序推延。反映这种纪年形式的早期铜器铭文，往往都写作"唯（王）若干年"的形式，这样的用法比比皆是，不胜枚举。这种纪年方式，也可以称为"帝王纪年法"。

至于时过境迁之后，或新朝称述往事，或后代史书属词系年，其纪年形式，则大多是连带帝王死后的谥号一起合而称之（或再冠以朝代之名），如西汉惠帝元年、二年，周宣王元年、二年，还有春秋时期的鲁隐公元年、二年，等等。

汉文帝以前，只有极个别人，如战国魏惠王"即所谓梁惠王"和秦惠文王，于在位期间有过"改元"的做法，亦即中止正在行用的纪年，启用另一元年，重新记其年数。其余绝大多数君王，自始及终，都仅使用"一元"纪年，清朝学者赵翼对此总结说："古者天子诸侯皆终身一元，无所谓改元者。"（赵翼《陔余丛考》卷二五"改元"条）魏惠王"改元"，值周显王三十五年，公元前334年。同一君王而使用两个不同的"元年"来纪年，这就意味着在纪年方式的技术层面上，出现了区分此一元年与彼一元年（二年、三年或是其他若干年也都同样）的必要。因此，这也可以说是年号纪年最早出现的萌芽——加上一个特定的专名，要比这样徒称序数更好区别。

汉文帝在位期间"改元"一次，景帝"改元"两次，从形式上看，都是在沿承魏惠王或秦惠文王的做法。不过，魏惠王或秦惠文王这两个人都是在由侯改称为王的时候改行新元，所谓"改元"不过是为了改"侯年"为"王年"。另外，在此之前，史籍中尚有西伯侯姬昌在周初受命称王而行"改元"之举的说法，后世学者，聚讼纷纭，迄今尚无定说，而魏惠王和秦惠文王这种做法，或许即是师法于文王成规。然而，西汉文、景二帝并没有诸如此类的特殊政治需求，其改行新的"纪元"，是因为在当时人的观念中更易旧纪元、启用新纪元，意味着除旧布新，与民更始，汉文帝和汉景帝希望通过这种形式来延续国祚，以期皇图永固、亿万斯年。后世的历史著作和现在通行的历史年表，对文帝和景帝所改行的新纪元，系分别标作"中元""后元"诸色字样，俨若后世之年号，但这些字样实际上只是记事者在事后记述相关史事时，为区分前后不同组别的年数而附加的标志，与那些在事件发生当时就已经行用的真正的

西周庚嬴鼎铭文

年号，性质完全不同（前面提到的魏惠王和秦惠文王改行的新纪元，也被称作"后元"或"更元"，其实际性质与汉文帝、汉景帝的"中元""后元"相同）。

汉武帝即位之初，仍然沿用帝王在位年数纪年法，但由于崇信阴阳术数，他每隔六年，就"改元"一次，重新从元年数起。这样一来，持续次数多了，事后追述，就不能再用前元、中元、后元这些称谓相区别，而是改称为一元、二元、三元、四元这样的标志。

当这样的改元持续到第四次，也就是在他的第五个纪元的第三个年头的时候，有关部门提出建议，以为不宜像这样一元、二元、三元、四元地表述纪年，而应该采用某种"天瑞"来为每一个纪元命名。

于是，汉武帝决定追改其第一个纪元为"建元"，第二个纪元为"元光"，第三个纪元为"元朔"，第四个纪元为"元狩"。后来又决定追记其第五个纪元为"元鼎"，第六个纪元为"元封"。这样一来，原来只称年数的元年、二年、三年、四年，就变成了诸如建元元年、建元二年、建元三年、建元四年之类的纪年形式。不过请大家注意，这些纪年方式，只是用于追述往事，或是整理、编排过往的文书档案，而不是应用于当时的实际生活。

进入第七个纪元的时候，汉武帝又决定在现实生活中，采用像"建元""元光""元朔"这样的形式来做汉朝皇帝的纪年，称当年为"太初元年"。于是"太初"也就成了中国历史上第一个使用的"年号"。这一年，为公元前104年。从年号使用的意义上来讲，这也可以说是中国历史上第一次"建元"。

汉武帝创立年号并采用年号纪年，不仅是纪年制度上的一次创举，同时也是中国古代政治史上的一项重大事件。其政治意义，首先是用以强化皇帝唯我独尊的地位。如上所述，在春秋时期，各个诸侯国就已经和周天子一样，用自己的在位年数来纪年。至西汉前期，各地的诸侯王国，和汉朝皇帝的纪年形式一样，是采用自己王国内各个诸侯王的在位年数来纪年，即同样都是称作元年、二年、三年、四年……

这样一来，在纪年形式这一点上，汉廷皇帝与诸侯王之间，便颇有分庭抗礼之势，不能充分体现汉家天子的尊严。汉武帝采用年号纪年之后，则可使大汉皇帝高高凌驾于各路诸侯之上，有利于强化和巩固中央集权的统治。太初元年以后，直到清朝末年，就中国而言，两千多年间绝大多数年份都是采用年号纪年。而且这种以年号纪年的形式，还很早就被邻近的朝鲜半岛和日本等国所接受，并且长期沿用（朝鲜半岛多遵用中国皇帝的年号纪年，日本则创立有自己的年号）。

现在大家读书过程中遇到相关纪年问题，可以利用的工具书，我觉得以方诗铭先生编著的《中国历史纪年表》为最佳。其中需要注意的问题，主要有如下两个方面：一是先秦的纪年比较复杂，有些问题，现在学术界还很难得出确切的结论，所以不宜过分拘泥于这个年表（如另有陈梦家先生著《六国纪年》等可供参考）。二是西汉新莽时期的年号，方诗铭先生的年表存在一些严重的问题,我在《建元与改元》一书中,对这些问题,做了很多重要的订正(如新莽"天凤""地皇"这两个年号,实际上应该是"始建国天凤"和"始建国地皇"),大家可以参看。简单地了解和利用我的研究结论,可以查看《建元与改元》附印的《改订西汉新莽历史纪年表》。不过后来我对这个年表又做了一些修改,在《海昏侯刘贺》一书中,附上了修改后的年表。

另外,日本学者藤岛达朗和野上俊静两人合编有一本《东方年表》,并列中、朝、日三地古代历史纪年,涉及相关问题,需要对比三地纪年时,利用起来也很便利。

我上面写的这些内容,都不一定十分妥当,仅供感兴趣的朋友参考。即使我说的完全正确,也请大家一定注意,考试有它自己的道理,这个道理和读书求知的道理是不能完全重合的。大家一定切记,考试就是考试,教科书上说的,不管对错,都是标准答案,各位考生千万不要在考试时较真儿,让怎么答,就怎么答,先取得读书求知的资格,再动真格去读书,去思考,去质疑。

不知我这些啰里啰唆的回答,是不是能够满足这位提问的中学老师的期望,祝您辅导的学生能够顺利跃上龙门,祝全国应考的同学都如愿取得成功。

2018 年 6 月 3 日下午匆促记之

谈谈今年高考试题中的年号
纪年制度问题

　　上周日，也就是 6 月 3 日傍晚，为回答一位中学老师提出的问题，我在自己的微信公众号上，以《就高考准备中的"建元与改元"问题答网友问》为题，写了一篇短文，谈了与此问题相关的中国古代纪年制度问题，汉武帝创建年号纪年是其中的核心内容。

　　从今天中午起，陆续收到好几位朋友的留言，告诉我在刚刚结束的全国统考的文科综合试题中，有一道选择题，恰好是汉武帝行用年号纪年制度的问题。

　　好多网友向我表示祝贺，仿佛是我押对了题一般。不过我预感考试的题目与我的观点一定会有出入。很快收到热心网友发来的试题，验证了这一预感。我想，很多认真看过我前几天发布的那篇短文的朋友，一定会对这一考题感到困惑。为此，我想在这里谈谈自己的看法，供各位朋友参考。考题内容如下：

材料

汉武帝的诸多统一政策中，包含年号的制定。此前的纪年方法，将新君即位后的第二年作为元年，以在位年序纪年。皇帝在位时没有特定的名号，如汉景帝在位第三年即称为"二年"，与其他皇帝的"二年"难以区分。此外，诸王国各以诸侯王之年纪事，更易产生混乱。汉武帝首次"封禅"泰山时，创制了"元封"年号，将当年称为"元封元年"。朝廷所定的年号通用于全国所有地方，后世根据年号也能明白是哪一年。此后，直到清朝末年，年号制都被沿用，且影响到朝鲜、日本、越南等国。

——据［日］宫崎市定《中国史》等

（1）根据材料，说明汉武帝改革前后纪年方法的区别。（6分）

（2）根据材料并结合所学知识，简析汉武帝年号制改革的历史意义。（9分）

教中学、小学比教大学要困难得多，在高考竞争这么激烈的情况下，以中学教材为基础出题考试更不容易。严格地说，这道考题本身有很多不尽适宜的地方，在这里对一些琐碎的细节无须深加追究。不过需要说明的是，考题注云出自日本学者宫崎市定先生的《中国史》等"，而复案我手边的宫崎先生原著（1978 年岩波书店版），与上述内容是存在一定出入的（文句表述形式差距更大）。这些出入，大概是属于"等"字涵盖的范围之内，大家知道这段"材料"不全是宫崎市定先生《中国史》中的内容而很可能是出题人员自己的说法就好了。至于试题中对其核心问题所做的不适当表述，下面将随文予以辨析。

首先，就这道试题采用的所谓"材料"而言，我不太清楚命题者何以要选用宫崎市定先生的讲法。

宫崎市定先生在《中国史》一书中对年号纪年制度的叙述，并没有什么特出之处，只是很一般地讲述一种在当时比较通行的说法。

中国古代在现实中应用年号来纪年的具体时间，在我进行研究之前，大体上有两种说法。

其中第一种说法，认为年号纪年制度创建于汉武帝刚即位的时候，即从汉武帝的第一个"纪元"的第一年开始，就使用了年号，这个年号，就是"建元"。但这种说法与《史记·封禅书》的记载直接抵触。

按照《史记·封禅书》的记载，建元、元光、元朔、元狩、元鼎这几个年号，都是后来追记的，只用于对既往旧事的记述，而未曾施用于现实生活之中。另外，关于"元封"这一年号的性质，也就是它是否被用于这一纪元期间的现实生活，历史文献的记载，语焉不详，而后人比较普遍地认为，现实生活中的年号纪年制度，即始于此年。因而，也可以说是在这一年创立了年号纪年制度。这就是关于年号纪年制度起始时间的第二种说法，宫崎市定先生在《中国史》一书中讲述的，就是这种说法。

宫崎市定著《中国史》

宫崎市定著《中国史》相关内文

第一种说法虽然与《史记》的记载不合，但从北宋时期起，就陆续出现很多所谓"纪年文物"，带有建元以迄元鼎的年号。假如这些铭文确实可靠，那么，第二种说法就是错误的，太史公在这一点上就犯下了严重过错。可是，这未免有些令人难以置信，因为这是司马迁亲身经历的事情，而他身属"天文世家"，历法纪年都是看家的本事，不至于错得这么离谱。

审视这些建元以迄元鼎的"纪年文物"，有一个共同特征，那就是迄今为止，没有见到一件具有明确地层依据的出土文物。现在可以清楚断定，这些所谓"文物"，无一不是古董商贩假造的赝品。这样的营生，薪火相传，生生不息，现在还有很多人在继续制造。前一阵子愚人节那一天我在微信公众号上讲过的那一大批"滦南刻石"和"汉郑孙买地券砖"就是这样的制品（那些东西要是真的，今年这道高考题的麻烦，就更大了）。

所以，两相比较，上述第一种说法，完全不可信据，但这并不意味着第二种说法就确实可信。

西汉在太初元年（前104）以前的历法，是以十月为岁首，也就是新一年开始的月份定在十月。按照当时六年一改元的成规，在进入元封元年这一年的岁首十月以后不太长的时间内，就应当已经改行新元，可是《汉书·武帝纪》记载其实际下诏确定"元封"这一年号，却是在这一年夏四月登封泰山之后。由年初之冬季十月到夏季四月，时间已经过去整整半年。可见

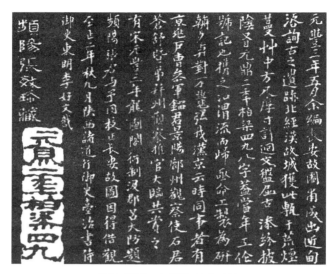

伪制"元鼎二年柏梁四九"砖铭
（《金石屑》）

"元封"这一年号仍属事后逆推追记的性质，仅供史官过后记事时使用而非当时朝野实际行用。

唐人司马贞在所著《史记索隐》当中，曾引述西晋时人张华的《博物志》，来注释司马迁在其父司马谈去世三年之后继任太史令一事，乃谓"太史令茂陵显武里大夫司马迁，年二十八，三年六月乙卯除，六百石"（《史记·太史公自序》唐司马贞《索隐》）。王国维先生比对晚近出土汉代简牍的书写格式后指出："《博物志》此条，乃本于汉时簿书，为最可信之史料。"（《观堂集林》卷一一《太史公行年考》）这一观点也得到了郭沫若的认同（《〈太史公行年考〉有问题》，见郭氏《史学论集》)。《史记·太史公自序》记载司马迁的父亲司马谈病逝于武帝元封元年（前110）泰山封禅之后，故司马迁于"三年六月乙卯"除太史令事，既然是在乃翁卒后三年，必定是指元封三年，而当时的"簿书"却像年号纪年制度实行之前的所有纪年一样徒称年数，这是元封年间尚未使用年号纪年的铁证。

在汉代器物铭文方面，迄今为止，还没有见到一件出土文物上面带有"元封"年号的作器时间注记铭文。相关的器物铭文，要不是没有地层依据的传世赝品，就是事后追加的注记。在西汉国都长安城未央宫一处官署建筑遗址内，曾出土了很大一批刻有年号纪年和"工官"姓名的"骨签"，有些则仅刻有年数而无年号，数量巨大，而其中最早的有年号纪年骨签，正是始自太初元年（中国社会科学院考古研究所编著《汉长安城未央宫骨签》）。这一情况，更确切无疑地表明，太初元年以前，在现实生活中一直没有正式采用年号纪年的方式。

关于这一问题，我在《建元与改元》一书中，有非常详细的论证，感兴趣的朋友可以参看。

我的相关研究已经刊布很多年，而现在的考题仍然只是简单地沿用传统的错误说法，所以，在我看来，这道考题的"材料"本身就存在明显的问题。考题的"材料"中还有其他一些莫名其妙的说法也属同样性质，即让考生针对一个错误的史事，做出回答，其性质是很严重的。当然，致误的基础，很可能是教科书的问题。

年号纪年制度是创制于元封，还是太初，并不是随便早

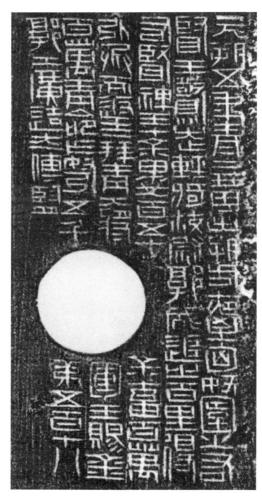

伪制"元朔二年弩"机郭砖铭文
（徐占勇《弩机》）

几年或晚几年的小事，它直接关系到这道考题要求考生回答的"汉武帝改革前后纪年方法的区别"和"汉武帝年号制改革的历史意义"这两个问题。下面我就主要从如何正确地回答这道考题出发，来谈谈自己的看法。

就"汉武帝改革前后纪年方法的区别"这一问题而言，在西汉的历史上，所谓"改革前"与"改革后"，是两个判然有别的历史单元。

这一点，看一看普通的历史年表，就一目了然。假如按照我的研究结论，把年号制度的创立定在太初元年，那么"改革前"汉武帝是每六年一改元，改革后则是每四年一改元。这个数目，非同小可，在汉武帝及其以后历朝西汉皇帝的心中和眼里，都具有强烈政治象征意义。由"六"到"四"的改变，意味着一次重大的变革，不是说变就变的。

若是把年号创制的时间像现在的试题"材料"那样定在元封元年，就完全抹杀了这一重要历史节点，而具体的"改革"时间，也不符合历史实际，前后两期的对比，未免空泛。

更进一步看，考题"材料"称在创立年号纪年制度之后，"朝廷所定的年号通用于全国所有地方"。通读上下文，我想大多数考生和读者，都会把这看作是相对于此前未用年号纪年时期所讲的话。这就意味着在此之前"朝廷所用的纪年并未通用于全国所有地方"，我想这一点是显而易见的，或许也是出题者希望考生回答的，可是这种说法却不符合实际的情况。

在汉武帝创制年号纪年制度之前，西汉的诸侯王既有自己

道缺禮樂衰孔子脩舊起廢論詩書作春秋則
學者至今則之自獲麟以來四百餘歲（案年表會哀公十四）
（獲麟至漢元封元年 年三百七十一年）而諸侯相兼史記放絕今漢興
海內一統明主賢君忠臣死義之士余為太史
而弗論載廢天下之史文余甚懼焉汝其念哉
遷俯首流涕曰小子不敏請悉論先人所次舊
聞弗敢闕卒三歲而遷為太史令（索隱曰博物志云太史令茂陵顯武里大夫司馬遷年二十八三年六月乙卯除六百石也）
紬史記（索隱曰紬音抽。索隱曰徐廣曰紬音抽○索隱云抽徹舊書故事而次述之小顏云紬謂綴集之也）石室金匱之書（索隱曰石室金匱皆國家藏書之處）
五年而當太初元年（李奇曰遷為太史後五年適當武帝太初元年此時述）

右 太史公

百衲本《二十四史》影印南宋建阳黄善夫书坊刻三家注本《史记》

的王年纪年，同时也遵行汉家天子的纪年，是两种纪年形式并用。如若不然，各诸侯王国如何能与朝廷沟通行政管理的各项事务？各诸侯王国必然要尊奉本朝天子的正朔。若是套用"朝廷所定的年号通用于全国所有地方"这句话来讲，那么，可以说"朝廷所行用的纪年通用于全国所有地方"，各个诸侯王并没有因为行用本王国的纪年而拒不奉行天子的纪年。行用年号纪年制度以后，朝廷的纪年有年号，但各个诸侯王并没有因为遵行本朝天子的年号纪年就罢废了自己王国原有的纪年体系。

关于这一点，最显明的证据，就是海昏侯刘贺墓出土的"昌邑若干年"铭文器物。刘贺的父亲刘髆始封昌邑王的时间，是在年号纪年制度业已实行之后的天汉四年（前97），所以，这些带有"昌邑若干年"铭文的器物，不管是属于老昌邑王刘髆，还是新昌邑王刘贺，都清楚显现出各个诸侯王并没有因朝廷用年号纪年就不再使用自己王国的纪年。其他相关西汉铭文，如宣帝五凤二年（前56）刻石，系并用汉宣帝和鲁王各自的纪年；又如西汉阳泉熏炉铭文，系并用汉宣帝元康与六安国纪年。这都是无可置疑的文物证据（案此铭文泐损汉廷年号，仅残存"五年"字样，今徐正考先生补填为"元康"，说见徐氏《"阳泉熏炉"泐字考》，刊《考古与文物》2000年第1期）。

失去诸侯王停用本国王年纪年这一前提条件，试题"材料"中"朝廷所定的年号通用于全国所有地方"这句话，也就成为毫无意义的废话，出题的人本不该讲，答题的考生更不必依此做出回答。

　　至于"汉武帝年号制改革的历史意义",与年号纪年制度究竟创制于"太初"抑或"元封",更是关系重大。

　　简单地说,汉武帝从太初元年开始行用年号纪年,是其"太初改制"活动的一个重要组成部分,这也是其最核心的"历史意义"所在。不谈这一点,就不能切入西汉历史的实际,只能就事论事,谈的只能是肤浅的表面现象。

　　在不同的历史事件之间,往往具有内在的联系。汉武帝创立年号纪年制度,是一项重大的变革,理应有其特定的社会因缘。

　　东汉人应劭在阐释"太初"这一年号的由来时解释说:"初用夏正,以正月为岁首,故改年为太初也。"(《汉书·武帝纪》唐颜师古注)按照这一看法,"太初"这一年号,显然与约略同时制定的《太初历》具有密切关联。据《汉书·律历志》记载,当时乃是改行新元在先(当时依照常例,还没有考虑命名年号),议定汉《太初历》在后。汉武帝在当时是一并施行有"正历,以正月为岁首,色上黄,数用五,定官名,协音律"等一系列重大改制举措,都发生在这一年"夏五月"的时候(《汉书·武帝纪》)。所以,"太初"年号也应当是在这一年五月间与《太初历》一并启用的,是所谓"太初改制"的一个重要组成部分。伴随着新历的颁行,汉武帝对整个纪年体系和"宗庙百官之仪"都做了重大更改,意欲"以为典常,垂之于后"(《史记·礼书》《汉书·武帝纪》)。这一系列制度改革,其相互之间显然具有密切的关联。年号本来就是与历法一同用于纪年记事，班固评述汉武帝一生的业绩，乃是将"改正朔、定历数"相提并论（《汉书·武帝纪》），启用年号纪年应当是与其更改历法相伴随的重大改革措施之一。

汉武帝创立年号纪年制度，在当时还有一项特别的政治目的，即通过以"天瑞"命名的年号来抬高他这个汉家天子唯我独尊的地位，以之与诸侯王徒用在位年数纪年的纪年方式相区别，借此压制诸侯王。这无疑有助于强化集权的体制，而集权的强化，无疑有利于反动的封建统治者奴役民众。就这一意义而言，我本人是不会对任何强化集权的举措予以赞颂的。过去稍有良知的学人都对秦始皇予以严厉谴责，而秦始皇之所以能够肆无忌惮地暴虐天下苍生，依赖的就是高度集权的政治体制。

单纯就纪年形式的技术性问题而言，用年号纪年，有好处，但也有坏处。与此前行用的徒用君主在位年数的纪年方法相比较，增加一个年号，确实更加清楚明确，不易产生混淆。不过宫崎市定先生在《中国史》中也谈到了它的弊病。宫崎先生以为正是因为如此，中国才没能产生类似基督教世界那样的纪年体系，即以某个特定的起点为元年而永久延续下去的年数（这一点，这道试题的"材料"不知为什么略而未提）。我们今天在学习历史知识的时候，每一个人都会感到众多年号带给我们的麻烦。这个看起来好像很方便的办法，实际上也有很多麻烦的地方，我们不能只看到一面而忽略另一面（当然，对于考生来说，避免麻烦的最好办法，就是坚持死记硬背教科书中的

海昏侯墓出土"昌邑九年造"铭文的漆器
（《五色炫曜——南昌汉代海昏侯国考古成果》）

西汉阳泉熏炉铭文
（陈介祺《簠斋金文考》

内容，这样最简单，只是你同时也会逐渐丧失思维的能力）。

另外，用不用年号纪年，和"国家统一"与否并没有任何必然的联系（或许这也是很多人面对年号的创制时很容易胡乱联想的事情）。历史的事实告诉我们，在汉武帝创立年号纪年以前，西汉从未产生分裂割据的政权，而在汉武帝创立年号纪年制度并被后世普遍遵行以后，分裂与割据，倒是屡见不鲜。取个年号，和给孩子取名差不多，并不是什么难事，哪一个想要攫取天下的英雄，或是独霸一方的好汉，都学着样儿做过。在我看来，年号纪年制度，和"维护国家统一"之类的宏大政治主题，是完全不搭界的。

这道试题"材料"中"此后，直到清朝末年，年号制都被沿用，且影响到朝鲜、日本、越南等国"这段话，不是宫崎市定先生说的，究竟是谁说的，只有出题人员自己心里明白。年号纪年制度，对今朝鲜、日本、越南等地确实具有深远的影响，看起来似乎是中国对世界的一项贡献。不过在今天，若是以现代文明的视角来看，这种影响并不都是积极的指向，因而也不能简单地说这一纪年形式是中国文化对世界文明的贡献。

最后附带对"直到清朝末年，年号制都被沿用"这句话略做一点儿补充说明。一是汉武帝创制年号纪年制度以后，绝大多数情况下，都是用年号纪年，但在一些极个别的情况下，也有不用年号的时候，如汉武帝自己的最后一个纪元，就没有年号。现在大家在历史年表上看到的"后元"，和汉文帝、汉景帝的"后元"一样，只是后人为称述方便而加的名称，不是

汉宣帝五凤二年（前56）刻石
（据永田英正《汉代石刻集成》

当时的年号。二是清朝末年以后，在中国还有人使用过年号纪年，如袁世凯复辟时用"洪宪"年号，溥仪在"满洲国"做皇帝时有"康德"年号。

2018 年 6 月 8 日夜记

论年号纪年制度的渊源和启始时间

这种"集中营"的制度，这些年好像很流行，但也不一定就那么好。进"集中营"，就要失去人身自由，这当然不是什么好事儿。那么为什么还有那么多人要千里迢迢往这儿赶呢？还得申请，还得报名，说不定还得注册交费也就是花钱往"集中营"里赶呢？要是我，我就不会轻易到这里来，不管他们招人时说得有多么好听，除非吃得好、喝得好，更重要的是天天能下海游泳。对了，这次我就是因为能下海游泳才来的。

好多年没有机会下海游泳了，真心感谢中山大学珠海校区的老师给我这机会，享受这里的海水和阳光。只是天下没有白吃的午餐，享受海水和阳光的代价就是给你们各位"集中营"的营员们讲课。

讲什么呢？你们身入"集中营"，不管是误入歧途，还是被人诱拐，进来了就明白不是个好滋味，至少身心受到很大束缚，我再讲些艰涩深奥的内容，就太不人道了。我是个好教员，好就好在知道人生不易，读书更不易，在北大上课常说的一句话，是吃饭比学什么更重要，学问是一辈子也学不完的，可饭一定要顿顿吃。所以，还是讲些大面上的东西，也就是大家读古书时能够经常看到而又不必花费太大功夫去琢磨的东西。

我给在座的各位选择的这个大面上东西，就是中国古代年号纪年制度的起源问题；其实往更大了说，也可以说是东亚乃至东南亚地区古代的年号问题。前两个月刚刚登基的日本新天皇，启用了一个新年号，很是引人注目，所以大家更容易普遍而又直观地理解用年号纪年并不是中国独有的纪年形式。只不过不管是日本现在仍在行用的年号，还是东邻半岛古代使用的年号，或是天南越国旧日的年号，统统都是起源于中国。所以，研究中国古代年号纪年制度的起源，也可以说就是在研究整个东亚乃至东南亚部分地区年号纪年制度的起源问题。

现在大家应该能够明白了吧？为什么你们这个"集中营"的"大号"叫作"中国史研习营"，可我报的题目却不是"论中国古代年号纪年制度渊源和启始时间"，而是"论年号纪年制度的渊源和启始时间"？其实如你们所见，我最初填报的题目，是"论年号纪年制度的启始时间"，并没有"渊源"二字，只是在准备讲稿时想着想着就想得多了，想得远了，结果不得不加上"渊源"二字。下面我就顺着自己的思路，来简单谈一谈这年号纪年制度的起源问题。

我们在这里谈"纪年"，而所谓"纪年"，就是排列"年"的次序。所以，下面首先需要明确什么是"年"？

大家千万不要以为这个问题不是个问题。因为这看起来似乎太简单："年"，中国每一个人都年年过，有谁会不知道什么是"年"呢？其实不仅大多数公众不知道，而且某些重要媒体在每年过年时候对"年"的讲解，基本上也都不准确；更重要的是，国内绝大多数研究中国历史的历史学家也还真的不知道，至少不是很清楚。

不说不知道，一说吓了一跳吧？历史是研究人类活动在时间长河中推衍过程的学问，而"年"就是时间体系的基本构成单位。因此，在我看来，不弄明白"纪年"的"年"究竟是什么，不仅说不清、讲不透什么是这个"纪年"制度，而且在这样的基础上所从事的历史研究实际上也必然是稀里糊涂的。

舶载人类活动的时间长河，是无始无终、无形无影的。人们对它的量度和记录，从古到今，主要都是借助天体的运行时间，即用天体运行所经历的时间长度来体现时间的存在和它流动的进度。

好了，明白这一点，下面就好讲什么是"年"了。作为一种纪时单位，"年"的基本含义或者说它本来的含义，乃是地球环绕太阳运行的一个完整周期。地球处于这个公转轨道上的不同位置，决定了地表接受太阳热量的多寡，由此形成了一年四季寒来暑往的周期变化，与人们的日常生活，特别是农业生长活动息息相关，人们自然会从很早就对这一周期给予极大的关注，因而就需要对地球的运行规律进行观测。当然，古人无法飞升到天上去看地球怎么转，只能反过来，站在地面上

四川彭州出土东汉日神羽人画像砖拓本
（深圳博物馆编《巴蜀汉风——川渝地区汉代文物精品》）

看太阳。反正运动是相对的，是相互参照的，看到了太阳的运动——这个运动现在我们称作"视运动"，就跟看到地球的运行一个样。

　　这个周期，粗略地讲，是很容易观测的——把吃饭的桌子搬到阳光下面，再在上面竖根吃饭的筷子，看看每一天日影长短的变化周期就行，只是通常会差上两三天，多少有些误差。大家熟悉的日晷，只不过比桌面上的一根筷子更专业一些、更精密一些而已，基本原理都是一样的。在山西襄汾的陶寺遗址中，考古工作者发现的当时人观测日影的建筑遗存，那更是专门修建的观测设施，显示当时天文观测的能力已经很强，而且已经高度专门化、制度化了。

在这样的背景下，我们看到，在《尚书·尧典》里出现了春分、夏至、秋分、冬至四个太阳视运动的关键节点，也就是所谓"四气"，或是按照现在民间世俗的叫法将其称作"四节气"，只是具体的名称与之不同，当时乃是分别称之为日中、日永、宵中、日短而已。这四个节点中的任意一点的周期再现，都是一个规整的"年"，也都可以称作"一年"。

实际上，这就是所谓"阳历年"。"阳历"者，"太阳历"之谓也。现在中国和世界上大多数国家在社会生活中所实施的历法，过的都是这个年。过一年，就是太阳在其视运动轨道上转了一整圈。这种"年"，也可以称作"太阳年"。

在这个世界上，既然有"阳历年"，当然也就另有"阴历年"与之配对。同样格式的"定义"套着说——"阴历"者，"太阴历"之谓也。不过"太阴"是指月亮，太阳视运动转一圈是太阳历的一年，月亮围绕地球转一圈却不是太阴历的一年，只是一个"月"。

这是因为"年"这一概念只是特指地球绕日公转亦即太阳视运动的一个周期，如果比附自然的太阳年来人为地订立一个基于"太阴"亦即月亮绕日周期的"年"的话，只能是以月亮绕日运行的完整周期为基础来设置一个接近于太阳年的时间长度：十二个月比一个太阳年短十一天上下，若是十三个月又会多出将近二十天。这种年，也可以称之为"太阴年"。形象地讲，太阴年好像是个"年"，其实却与真正的"年"也就是太

四川彭州出土东汉月神羽人画像砖拓本
（深圳博物馆编《巴蜀汉风——川渝地区汉代文物精品》）

阳年有着很大的区别。

明白了这一点，大家也就很容易理解，随着太阳视运动的周期变化，寒暑有更替，草木有荣枯，周而复始。所谓时间，就这么在一次次循环往复中向前推进。这是自然的节奏，是造物主掌控的节拍，所以只要这日子在一天一天地往前过，很自然地就会首先要过这个太阳年（当然，由于月亮的圆缺盈亏对人们的社会生活影响很大，不容小觑，所以人们在制历用历时也会想到它，后面我将会具体讲到这一点）。

各位同学，你们大家自投罗网，来到这里，很多人是想多听听从事学术研究的神机妙法，可是实在对不起，我确实没有怀揣什么锦囊妙计，所以从来也不敢侈谈什么学术方法问题。我本来就不是历史学科班出身，大半生不过混迹其间，勉强讨口饭吃而已，根本就不具备做教师爷的资格。

若是倚老卖老，勉强讲一点儿自己读书治学的体会的话，我对孔夫子所说"道不远人"这句话，是有较深的体会和感触的。孔夫子的原话是说"道不远人，人之为道而远人，不可以为道"，把这些话移用到我们这些书呆子做学问的事儿上来，就是古人今人都是差不多的人，他们当年做事儿，和你我在今天所干的"勾当"差不了多少，是凡人就都要遵行平平常常的人情事理。所以，基本的人情事理这一关若是过不去，不管你讲的道理有多高妙，就是说出大天来我也不信。

中国上古时期——我在这里说的也就是商朝，其历法情况究竟如何，专家之间，一直存在着不同的看法，我这个外行当然更不得置喙其间。不过若是从上述平平常常的人情事理出发来思考这一问题，我倒是非常赞同常玉芝女士的意见，即殷商人过的是一种太阳年（常玉芝《殷商历法研究》。附案常玉芝女士这一看法，又与她所持"有殷一代行用的历法是阴阳合历"相矛盾，而陈梦家先生将此太阳年称作"祭祀年"，以为"王室用祭祀年并非民间一定如此"，对殷人之"年"颇存游移之词，说见所著《上古天文材料》，收入《陈梦家学术论文集》）——尽管在对殷商历法一些具体内容的理解上，常玉芝女士的某些看法我还不能完全理解，还有一些不同的认识。

或许只有由这一基本认识出发，我们才能对当时一些有关纪年的基本词语做出贴切的理解。譬如《尔雅》云"夏曰岁，商曰祀，周曰年，唐虞曰载"，这样的说法，虽然不可全信，但"岁""祀""年"这些词语，确实都是上古时期使用过的、最初很可能是用于表述太阳年的时间单位，见于殷墟卜辞等上古文献（"载"的情况则比较微妙，因为它仅见于《尚书·尧典》，未必真的曾经应用于上古社会）。

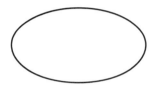

如果我用上面这个椭圆形的圈圈来表示太阳视运动轨道的话，那么"年"作为时间单位的本义，便是以"禾"亦即谷物成熟的一个周期来相当约略，但却很形象地体现这个椭圆的道道，即《说文》所谓"年，谷熟也"，就是以禾一熟象征一年；"载"犹言日轮乘车在天上运转所经行的路途，也就是这个椭圆圈的一圈。请注意，其共同之处，也是实质性的意义在于这个椭圆轨道闭合的一周，也就是说不管"年"也好，"载"也好，表示的都是一个太阳年。

有意思的是，用"岁"字来表示"年"义，在甲骨文中有很多实际的用例。古文字专家阐释殷墟卜辞中该字初形，以为甲骨文"岁"字本像斧戉之形，与戉同源（于省吾《甲骨文字诂林》）。唯商人何以会以此斧戉之形以名时间周期之"年"，似尚语焉未详；至少在我这个外行人看来，各位行家似乎还没有做出贴切的解说。

譬如郭沫若先生写过一篇在这一问题的研究中似乎很有分量的文章，题目就叫《释岁》（收在他的《甲骨文字研究》中），其基本结论是说"古人因尊视岁星，以戊为之符征以表示其威灵，故岁星名岁"，再"由岁星之岁始孳乳为年岁字"，即以"岁"名年，是缘于岁星。

具体讲，郭沫若先生解释说，古人在黄道附近划分出十二个"辰"（原理和现在你们年轻的朋友喜欢玩儿的黄道十二宫相同），作为在天球上观测星体运行的参照背景和体现星体运行状况的刻度，"岁徙一辰而成岁"，即岁星在每一个回归年内运行"一辰"的刻度，"故岁星之岁孳乳为年岁之岁"。

这样的讲法，我觉得在逻辑上是颠倒的：即若以岁星年徙一辰而名年，则理应称年为"辰"，而没有称之为"岁"的道理；合理的逻辑，理应是先有以岁称谓回归年的情况存在，才会把岁徙一辰的木星称作"岁星"。《史记·天官书》唐司马贞《索隐》引述晋人杨泉撰著的《物理论》，解释岁星得名的缘由说："岁行一次，谓之岁星。"这里提到的"一次"，就是郭沫若先生所讲的"一辰"。这当然也是按照正常思维逻辑做出的合理推导，而做出这一推导的前提，同样是回归年先已被定名为"岁"。

其实郭沫若先生的具体论证环节，本身就存在很大问题。例如，他引录《尚书·洪范》所述"五纪，一曰岁，二曰月，

187

三曰日，四曰星辰，五曰历数"，谓"岁、月、日与星辰并列，而在历数之外，则知岁即岁星，而居于首位，在日月之上。下文'王省（《史记·微子世家》引作眚）惟岁，卿士惟月，师尹惟日，庶民惟星'，以王、卿士、师尹、庶民配岁、月、日、星，示有严存之等级，亦其明证也。此文之不得为周末人所讹（伪？）托者，观其月在日之上亦可知之，盖先民重月而不重日，此与后人之观念恰成正反。如此尊重岁星而崇仰之，则以戊名之或为之符征者固其所宜"。说句很不恭敬的话，这样的论述，真的有点儿太胡诌八扯了。《洪范》所述"五纪"中的岁、月、日序列，列举的正是由年（岁）及月、再从月到日的时间长度单位，而且郭沫若先生引述的《洪范》下文"王省（《史记·微子世家》引作眚）惟岁，卿士惟月，师尹惟日，庶民惟星"，中间是有所省略的，其原文在"师尹惟日"句下叙有"岁、月、日、时无易，百谷用成"云云数语，这更清楚无误地表明《尚书·洪范》在这里讲述的"岁"，就是年岁的"岁"，也只能是年岁的"岁"，伪孔传以来，解经者大多也都是这样理解的，怎么能想把它说成"岁星"就让它成了"岁星"呢？未免太随心所欲了。

特别注重通过考古学手段研究古代天文历法的冯时先生，注意到上海博物馆收藏的一件二里头文化青铜钺，以为其表面圆形排列的十二个用绿松石镶嵌的"十"字图案，体现的是一年十二个月（德勇案：这一点似乎还可以更深入地探讨），因而表明这是一件具有强烈天文历法象征意义的物品（冯时《中

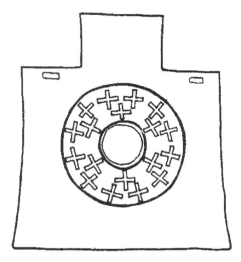

上海博物馆藏二里头文化青铜钺

国天文考古学》)。

　　窃以为这件铜钺或许可以帮助我们理解商人以"岁"名"年"的缘由：即如下图所示，以所谓斧戉象征对太阳视运动轨迹的切割，即把这一周而复始的循环轨迹从中斩断，太阳在以这一切割点为起讫点的那一段运行轨迹，就是"一岁"，也就是我们现在所讲的"一年"。事实上前面所说的"年"和"载"，也是要把像这样斩切开来的一段太阳视运动运行时间作为基本计数单位的。这样的图解看起来似乎很简单，但却可以让我们更为清楚地理解"岁"字的太阳年含义。

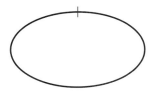

以这一认识为基础，我们可以看到，那些被相关专家视作"时王"亦即当时在位之王在位年数的纪年方式，如"二岁""三岁""五岁"乃至"十岁"之类的卜辞，即"时王"在位之第二年、第三年、第五年或第十年的意思（常玉芝《殷商历法研究》）。这可以说是见于中国古代文字记录的最早的纪年方式。

请各位同学注意，与后世的纪年方式相比，这种纪年方式，有两个重要的特征：一是没有当时的君主亦即所谓"时王"的名头冠加于年序之前；二是如前所述，按照我的看法，这样的纪年形式，排列的是太阳年。这两项特征，也可以说是中国古代纪年制度最早显现的形态，也可以说是这一制度的第一阶段。

这种以"岁"名"年"的制度，主要盛行于早期卜辞的时代，到了晚期亦即商代末期的卜辞，即已多改而以"祀"称"年"。之所以会形成这种改变，一般认为，是由于商朝晚期按照翌、祭、壹、劦、彡五种祀典"周祭"亦即遍祭其先王先妣一轮总共用时三十六旬或三十七旬（这一时代大致从廪辛时期开始），也就是历时360天或370天，与一个太阳年的长度365又1/4天非常接近，而这一轮宏大的祭典，就成为一"祀"，所以，当时人就用这个祀典的"祀"字来代指与其时间长度相当的"年"。

不过我胡乱揣摩，却觉得二者之间的关系，或许应该颠倒过来：即正因为一个太阳年的长度比三十六旬长那么几天而又比三十七旬短那么几天，所以，殷人才刻意将这一"周祭"的周期设为三十六旬或三十七旬。盖如同相关学者已经指出的那样，"设置三十七旬周期的目的是为了调整三十六旬型周期（360 日）与太阳年日数（365 日）之间的差距的。一个三十六旬型周期加有一个三十七旬型周期是 360 日加 370 日，等于730 日，平均是 365 日，正接近于一个太阳年的日数"（常玉芝《殷商历法研究》）。此外，如廪辛被排除于周祭的祀典之外，或许也与这种祭祀周期的限制有关，即为凑成其数，不得不削足适履，以某种理由剔除了廪辛。显而易见，这种与"周祭"时间长度相当的"祀"，表示的只能是太阳年。

与在这之前至迟自武丁时期以来那种以"岁"称"年"的用法相比，这种以"祀"纪年的形式，虽然同样还是太阳年纪年，但却有了一个明显的变化，这就是在行年序数前多冠有"王"字，作"惟王若干祀"的形式（个别另有"王若干祀"或"若干祀"的用法），从而也就在表现形式上，明确标记清楚纪年的序数是"时王"在位的年数。这样的用法，强化或者说是突出了人君的身份在纪年制度中的地位和作用，是中国古代纪年制度中的一项重大变化，也可以说中国古代纪年制度走入了第二个阶段。

周人灭商以后，其用历应是改行阴阳合历，即不再行用基于太阳视运动周期的太阳年，而是改行一种虽近似于太阳视运动周期却又与之有明显区别的"年"。单纯就每一年来说，这个年也就是前面谈到的太阴年。如前所述，这种太阴年的基本特点，便是积月成年。若是累积十二个月为一年，它就比太阳年短；再添上一个月成十三个月，则又长了。如果仍像前面所做的那样，以一个椭圆形的圈圈来表示太阳视运动轨道的话，这两种情况，则可以图示如下：

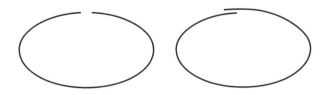

十二个月太阴年的太阳视运动轨迹　十三个月太阴年的太阳视运动轨迹

看了这两个图，大家都很容易想见，不管是十二月过一年，还是十三个月过一年，要是一直这么过下去，就具体每个月份与太阳视运动轨道上特定位置的对应关系而言，过着过着这个年就不仅一年一个样，而且相差得越来越远了。

这里面的问题有两点：一是这种太阴年必然会与它所比附的太阳年脱节，或年数越过越多（十二个月的年），或年数越过越少（十三个月的年）；二是对于特定的月份来说，寒暑冷暖等气候状况，必然要转换倒置，即原来处于夏季的月份过着过着就变成了冬季，寒冬的月份却又改易成了酷暑时节。

　　人们若是不喜欢这两种情况出现，就得想别的辙。大家想到的办法，是以十二个月作为最基本的年，再隔若干年过一个十三个月的年。这样，平均下来，每一个太阴年的长度，与太阳年的长度就大体相当了。可这样一长一短变来变去的太阴年，其变换的缘由乃是为了尽量去接近太阳年，让太阴年的形式归附于太阳年的本质，我想就其整体状况而言，似乎不宜再称之为太阴年了，因而在这里姑且杜撰出个"阴阳年"的词语来称呼它。

　　周人过的就是这样的"阴阳年"。我想，在座的同学也许有人读过王国维先生著名的《殷周制度论》一文。王国维先生这篇文章，一开篇就写道："中国政治与文化之变革，莫剧于殷周之际。"这实在是一篇大手笔的杰作，能写出这种文章的学者，才是名副其实的大师。王国维先生在具体的论述中，虽然没有提到我在这里所讲的用历制度，但在商周变革的政治背景和文化背景下来看待这一问题，自然更容易理解商周历制的迁改：首先是清楚认定这一史实，继之是深刻认识其必然性。

　　司马迁在《史记·天官书》中讲述说："凡候岁美恶，谨候岁始。岁始或冬至日，产气始萌。腊明日，人众卒岁，一会饮食，发阳气，故曰初岁。正月旦，王者岁首。立春日，四时之卒始也。"这里是讲四种年一年开始的时候，但除了"正月旦"也就是现在我们说的大年初一之外，其他三种岁首，本质上都是一个太阳年开头的不同设定形式。这个"正月旦"，就是积月为年并适当结合太阳年的"阴阳年"的岁首。

如果按照我在前面所做的推论，把商人过的年定为太阳年，而且其岁首与"正月旦"并没有必然的关联，甚至根本不搭界，我们就会看到，这种"王者岁首"是西周以来才出现的一种新的"大年"，而且是与社会上所有人关系最为密切的"大年"。"王者岁首"即已清楚体现出这一岁首遵循的是王者之道而不是天道，这本身就突出体现出前面所说人君身份在纪年制度中的地位和作用。这样我们就能更加具体地体会王国维先生所说"中国政治与文化之变革，莫剧于殷周之际"这句话的分量，也就会愈加钦服他的眼光和见识，而从用历制度的变革这一点就可以清楚看出，所谓周公制礼作乐，自有其实在内容在焉，而不是什么美丽的传说。

周人以这种"阴阳年"过日子，在传统上，是所有人普遍的看法，而且春秋战国之际产生的历法——四分历就是直接承续于此，由流及源，一切都很自然，不像我说商人过太阴年，许多人听了一定以为是"非常异议可怪之论"，但要想对周人的历制做出清晰、具体的说明，好像也不是那么容易。

在这里，我想从如下两方面尝试做一下说明。

一是周人从周初起即极重所谓"月相"（月象）或"月分"，这在西周铜器铭文中有清楚的体现，特别是与殷墟卜辞尚未发现同类记录的情况形成鲜明的对比，呈现出一种显著的变化，窃以为这样的变化，正是其用历制度业已改弦更张的表征。

二是周人比较完备的纪时形式，通常是"年序—月序—

月相或月分—干支日序"这样的格式，如"佳（惟）王十又二年三月既望庚寅"（《走毁》铭文）。其实质性意义，在于以年统月，以月统日（其简略形式，只要年、月具备，也是以月统日，月序在前，日序居后）。这样的载录形式，与商代铜器铭文和殷墟卜辞所见商人对年月日关系的表述，形成鲜明的对比：商人当然也有月，除了过年过日子，也同样有月要过，甚至还有闰月，但他们是先讲记日的干支，再在相关纪事后附带补充说明一下这个日子属于"某月"或"才（在）某月"——这意味着很可能只是这个日子摊在了这个外来的月份，而不是特定月份下面统属的一个日子。

我们看商人每"祀"亦即每年的岁首启始于祭祀上甲的甲日而不是正月的朔日或者腊日，就会很容易明白，他们实际上是无法贴切地以年统属月份及月份下面的每一个日子的。商人用历中的月份，并没有被完整地纳入这些月份所对应的太阳年，而是一套与其约略对应并相互平行的太阴年体系。实际的做法，应该是在太阳年的时间轴上，配入每一个具体日子所在的月。譬如太阳年岁首甲日所在的月份，即为一月，这个甲日可能是初一，也可能是十五，还有可能是三十。这样思考殷人的历法，才能更合理地解释，他们一年会有十四个月的时候：即在三十七旬一祀的年头，岁首之日赶在了一个月的月末，这样，这一年的一月便只过了寥寥几天，而最后一个月——十四月，也只过了这个月开头的三两天。说是十四个月，实际只是比十二个月多了十来天。

　　不然的话，按照现在通行的解释，说商朝人行用的是我讲的那种"阴阳年"，有十四月时，是这一年设置了两个闰月，我觉得这是很难说得通的。因为当时由三十六旬或三十七旬所构成的周祭制度，已明显体现出商人对太阳年的认识已经比较清晰，在这种情况下，怎么可能出现因失闰而需要在一年中增置两个闰月的情况？这实在太不可思议了。在这里需要顺便明确一下：按照我的理解，商朝是不存在闰月的。

　　像这样对月相、月分的重视和规整的"年—月—日"纪时体系，都显示出月份在周人历制中占有重要的地位和作用，假如还是沿承殷人旧制行用太阳年，则必然要打破年中月份的完整性，高天残月，怎么看也太不舒服了，是一个很大的缺憾，人们必然要对其做出相应的调整。

　　当然上面这些看法，只是我为来这里做这次讲座，在做准备的过程中，一时的思索，一时的读书心得，而关于这个主题，还有很多问题，现在还不大好解释，有待展开论证。将来若是继续做更深入的探究，或者说更深入地思索这些问题，说不定会有新的认识：增补和修正是必然的，然而说不定还会彻底颠覆上面讲述的基本看法。今天把这些很粗浅的想法提供给大家，和大家交流，只是想初步梳理一下年号纪年制度的背景和渊源，这样我们才能更好、更深入地理解这一制度。

　　就像在上面举述的《走毁》铭文这个例子里所看到的，周人通用的纪年形式，是"惟王若干年"这样的形式（也有在形式上仍沿用商人之太阳年旧名，将其书作"惟王若干祀"的），以"王"字冠加于年序之上，看上去与商人的"王若干祀"非常相似，这是周制对商制的沿承；但此"王年"非彼"王祀"，它表示的是一种"阴阳年"而不是商人所用的太阳年，这便是周人对商人旧规的变革。

就其实质内容而言，这也可以说是中国古代纪年制度的一次重大变革，而若是考虑到周人过的这种"阴阳年"被后来的所有朝代所继承，年号纪年制度产生和应用所依托的历法都是这种"阴阳年"，那么，可以说，周人这一变革，实质上是把中国古代的纪年制度推进到了一个新的阶段，即这一制度走入了它的第三个阶段。

与后来的年号纪年法相比，像殷商和两周时期这样分别以商王或周王在位的年数来纪年的方法，我在这里把它称作"君王在位年数纪年法"。采用这种方法纪年，若是当时人记述某君王在位期间所发生的事情，通常只标记其在位年数为"某年"，或是像两周铜器铭文那样，记作"惟王若干年"，也不具体说明或是标记这是在讲哪一位君王。当然也有很多铜器铭文省记为"惟若干年"，略去了"王"字，亦即徒记年序，写作元年、二年、三年、四年、五年，等等。按照这种纪年制度，若是遇到老国王故世、新君主即位，就重新从元年起算，再同样以元年、二年、三年、四年、五年，等等，顺序推延。

春秋以降，周王权力削弱，以致各诸侯国均用本国诸侯王在位年数纪年。例如，记载鲁史的《春秋》，就用鲁侯在位年数纪年。其他诸侯国的史书虽然已经不存，但从《国语》中可以看出，这些诸侯国也都用本国君王在位年数纪年；另外出土的东周一些诸侯国的铜器，其铭文也进一步证实了这样的情况。世乱之时，诸侯不统于王，各自为政，从而也就出现了纪年的混乱，而且每年起始于几月，诸侯国间也是各有一套，并不划一。

至于时过境迁之后，或新朝称述往事，或后代史书属词系年，其纪年形式，则大多是连带帝王死后的谥号一起合而称之（或再冠以朝代之名），如惠帝元年、二年，周宣王元年、二年，鲁隐公元年、二年，等等。

我今天在这里着重讲述的年号纪年法，就是在这样的背景下逐渐萌生出来的。具体地说，这种纪年制度，创始于汉武帝。

在汉文帝以前，只有极个别人，如战国时期的魏惠王（即所谓梁惠王）和秦惠文王，于在位期间有过"改元"的做法，亦即中止正在行用的纪年年数，启用另一元年，重新记其年数。这有特殊政治原因，即改"侯"年为"王"年。其余绝大多数君王，自始至终，都仅顺着一个"元年"一直向下推延下去。这也可以说是以"一元"纪年，就像清朝学者赵翼所说的那样："古者天子诸侯皆终身一元，无所谓改元者。"

像魏惠王和秦惠文王这样改"侯"年为"王"年，使其纪年的次序，重新从元年数算，明显体现出西晋人杜预所阐释的"凡人君即位，欲其体元以居正"的象征意义（杜预《春秋经传集解》卷一）。魏惠王和秦惠文王如此这般地刻意凸显

"王"年与"侯"年的差异，还向我们展现：对于骑在民众头上的统治者来说，所谓"王"年与"侯"年，是有重大差异的，即"王冠"巍峨，大大高于"侯冠"；"王位"尊荣，大大胜过"侯位"。由此看来，魏惠王和秦惠文王这次"改元"的做法，实际上是在商王"惟王若干祀"这一纪年形式的基础上向人们进一步展现了中国古代纪年制度的一项本质特征——君主权威，至高无上。联系后来的发展变化，魏惠王这次改行新元，也可以说是年号纪年制度最早的萌芽，因为催生年号纪年制度的根本动力，正是提升皇帝至高无上的权威。在这里需要清楚指明的是，魏惠王改行新元这一年，亦即魏惠王所谓"后元"元年，为周显王三十五年。这一年，值公元前334年。这是中国古代年号纪年制度发展史上值得重视的一年。

至西汉时期，文帝在位期间改元一次，景帝改元两次。从表面形式上看，这似乎都是在沿承魏惠王或是秦惠文王的做法。汉文帝和汉景帝虽然并没有诸如改称侯为称王这样的身份变化，但也都是基于某种政治需求。例如汉文帝的改元，是想通过此举令他本人和汉家天下都能够延年益寿，亿万斯年。这是因为按照当时的观念，更易旧纪元、启用新纪元，意味着除旧布新，与民更始，仿佛重获新生，所以能够起到上述作用。

后世的历史著作和现在通行的历史年表，对文帝和景帝所改行的新纪元，系分别标作"中元""后元"诸色字样，俨若后世之年号。但这些字样实际上只是记事者在事后记述相关史事时，为区分前后不同组别的年数而附加的标志，与那些在事件发生当时就已经行用的真正的年号，性质完全不同。

西汉文、景时期这几次更换新的纪元，在两个方面，对汉武帝启用年号纪年制度，奠定了重要的基础，或者说是滋生了战国时期魏惠王、秦惠文王生出的年号纪年制度的萌芽。

第一，正在帝位的皇帝，通过重启新的纪元，即可望达到除旧布新的效用，以致亿万斯年，这种做法和梦想，诱使汉武帝刘彻在即位后不断变换新的纪元，并按照特定的数值（汉武帝的实际做法，是先六后四），将其有规律地固定下来，而频繁改换的纪元，给各级官署的行政工作乃至民众的日常生活，都会造成很大的混乱，因而纯粹从纪年形式的技术角度看，也出现了创立年号纪年制度的必要。

第二，汉文帝和汉景帝给新纪元所添加的这种神圣的象征作用，对崇信阴阳数术且"尤敬鬼神之祀"的汉武帝（《史记·封禅书》语），自然会产生直接的影响，其结果就是促使汉武帝决定以所谓"天瑞"来创制年号。

我想，通观前前后后相关事件的发展变化，上面这两条轨迹是显而易见的。

在这之后，我们看到的实际情况是，汉武帝在其即位之初，仍然沿用君王在位年数纪年法，但由于文、景两帝改换年号的影响以及他愈加崇信阴阳术数，便每隔六年，就改元一次，一个一个新的纪元，都重新从元年数起。这样一来，持续次数多了，事后追述，就不能再用前元、中元、后元这些称谓相区别，而是改用一元、二元、三元、四元这样的标志。

当这样的改元持续到第四次，也就是在他的第五个纪元的第三个年头（即后来所称"元鼎三年"）的时候，有关部门提出建议，以为不宜像这样一元、二元、三元、四元地表述纪年，而应该采用某种"天瑞"来为每一个纪元命名。

于是，汉武帝决定追改其第一个纪元为"建元"，第二个纪元为"元光"，第三个纪元为"元朔"，第四个纪元为"元狩"。后来又决定追记其第五个纪元为"元鼎"，第六个纪元为"元封"。这样一来，原来只称年数的元年、二年、三年、四年，就变成了诸如建元元年、建元二年、建元三年、建元四年之类的纪年形式。

然而这只能说是进入了年号纪年制度的第四个阶段，这个阶段的主要标志是虽然创立了年号，但却只用于追记已经过去了的往事，用于档案文书的整理编排，并没有将其应用于现实的官府行政运作和民众日常生活。如上所述，这一阶段的开始时间，是汉武帝元鼎三年，时值公元前114年。

接下来，到进入第七个纪元的时候，汉武帝才正式决定在现实生活中，采用像"建元""元光""元朔"这样的形式来作汉朝皇帝的纪年，并称谓当年为"太初元年"。这样，"太初"也就成了中国历史上第一个使用的"年号"，所谓年号纪年制度，也就正式建立起来。从发展的过程来看，这也可以说是年号纪年制度进入了它的最后一个阶段——第五个阶段。这一年，为公元前104年。

汉武帝采用年号纪年，不仅是纪年制度上的一项创举，同时也是中国古代政治史上的一项重大事件。其政治意义，首先是用以强化皇帝唯我独尊的地位。如上所述，在春秋时期，各个诸侯国就已经和周天子一样，用自己的在位年数来纪年。至西汉前期，各地的诸侯王国，和汉朝皇帝的纪年形式一样，是采用自己王国内各个诸侯王的在位年数来纪年，即同样都是称作元年、二年、三年、四年……这样一来，在纪年形式这一点上，汉朝皇帝与诸侯王之间，便颇有分庭抗礼之势，不能充分体现汉家天子的尊严。

汉武帝采用年号纪年之后，则可使大汉皇帝高高凌驾于各路诸侯之上，有利于强化和巩固中央集权的统治。

太初元年以后，直到清朝末年，就中国而言，两千多年间绝大多数年份都是采用年号纪年，而且这种以年号纪年的形式，还很早就被邻近的朝鲜半岛和日本等国所接受，并且长期沿用。

2019 年 7 月 16 日上午讲说于中山大学珠海校区的
中国古代史研究生暑期研修营

开元开宝是何年

拙著《建元与改元》出版的时候，我在序文里提出，不妨用"年号学"这个名目来概括与年号研究相关的问题，并且写道："如同本书各项研究所体现的那样，对年号问题的深入研究，必然会触及政治、制度、思想、文化、心理乃至帝王的生理状况等诸多问题。因此，年号学本身，乃是中国历史学殿堂中的一尊神祇，并不仅仅是为他人开启门扉的锁钥。"说实话，这些文句，都颇有调侃的味道。

熟悉我的朋友明白，我是一个做研究虽很努力认真但却很不喜欢板着面孔说那些"正经"话的人，上面复述的这些内容，算是我板起脸来讲的不太"正经"的话。

说这些话不太"正经"，是因为我更重视探讨具体问题，很不喜欢没等做什么研究或是仅仅做那么一点点研究就大张旗鼓地标榜某种研究领域、研究方法以及所谓"范式"，先推崇这种研究如何如何要比别的研究更为重要，更为高明，更为领先，再宣称是由吾某人独树此帜并且业已占山为王，颁行

"□□元年""□□□元年""□□□□元年"或是像王莽那样的"□□□△△元年"之正朔。因为看着别扭，于是乎才学着样儿弄一下，试试什么感觉。

这当然没什么意思。不过和所有的知识一样，多学习一些与年号有关的历史知识，多关注一下古人对年号的实际用法，对阅读古书和相关文史著述，还是会有些帮助的。在我看来，下面要讲的这句王国维先生的诗，就与此年号用法具有直接关系。

这个诗句，出自王国维先生赠给日本学者内藤虎次郎先生的一首诗中。原题很长，需要憋足了气来念——《湖南先生壮游赤县自齐鲁南来访余海上出赠唐写古文尚书残卷景本赋诗志谢并送其北行》。当然也可以喘口气歇一歇，不熟悉古诗文的人也更容易理解："湖南先生壮游赤县，自齐鲁南来，访余海上，出赠唐写《古文尚书》残卷景本，赋诗志谢，并送其北行。"旧式文人写起东西来就是不怕麻烦，有些人看着可能还懵里懵懂的。

那么，不妨先"笺注"一下。

"湖南"是内藤虎次郎的"号"。日本文人学中国文人，有字也有号，本来很平常，王国维先生在诗题中称述其雅号更属平常，但日中两国的学者都很崇敬他，在什么场合都光称号，不称名，这一点就比较特别了，不那么平常。实际上有很多中国学者甚至误以为"湖南"是老内藤先生给儿子取的学名。

"赤县"就是"赤县神州"那个"赤县"，指的就是中国。从修辞角度讲，用"赤县"还是用"神州"，其实都一样。不过在谶纬学家看来，冥冥中都有天示神启寄寓其间。事实是：没过多久，这块土地就都被"赤化"了。

"海上"的本义，是指"海"之"上"、"海水"之"上"，用现在的大白话讲，就是"海岸上"的意思，千万不要理解成"大海上"。这一点看着简单，可要是不真弄明白会很麻烦。王国维先生什么都知道，当然没什么不明白的，可别人并不都是这样。两千多年来人们搞不清千古一帝秦始皇怎么就能死了，就是因为没明白这个词是什么意思。《史记·秦始皇本纪》记述嬴政在始皇三十七年（前210）从会稽北行的路径，是"并海上，北至琅邪"，过去人们普遍把这个"海上"理解成"大海之上"，也就是海水之中，"并海上"就成了在海岸线上顺着海水走，而实际上秦始皇是坐着海船沿着海岸向北航行。海风吹，海涛响，海浪打，这个西北汉子都是头一回经历，那时候也没什么写大海的诗供他享用，一个字"晕"两个字"难受"，结果就一病不起了。要不然也不一定有刘邦什么事儿（感兴趣的朋友可以去看我写的《越王勾践徙都琅邪事析义》，收入拙著《旧史舆地文录》）。读书做学问就是这么回事不能光讲上不着天、下不着地的大道理，先看懂古书，再弄明白古书的可信程度，这才是王道。

因为上海这个地方靠着海边儿，于是就有了"海上"这个通行的说法；又由于上海真的是中国哪里也比不了的大城市，所以它一叫"海上"，别的滨海城市就都不敢这么叫了。不仅连云港不行，就是像大连、厦门这些位居前列的沿海开放城市

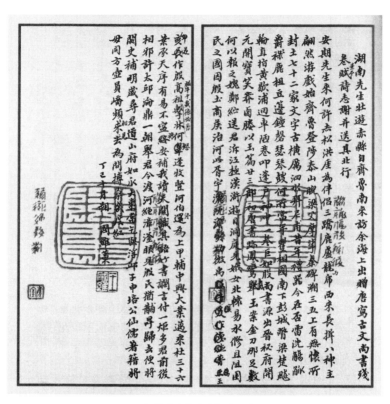

王国维赠内藤虎次郎诗原貌

也不行。这就不是王道而是霸道，你不服也不行。

"景本"就是影印本。因为"影"字原来就是写成"景"。不过文人学者所说的"景本"稍微有些乱，除了严格意义上的"影印本"之外，仿古复古的刻本，同样可以说是"景本"；相纸洗印的照片，也算得上是一种"景本"。总之，遇到这两个字，明白它是很简单的行业黑话，知道这一点就是了，但十分确切的语义，要看具体情况，不能过分拘泥。

现在我们清楚，内藤虎次郎先生这位日本学者，漂洋过海，来到中国，当他从齐鲁之地也就是山东省前往上海会见王国维先生时，送给王国维先生一部影印的唐写本《古文尚书》残卷。为表达谢意，王国维先生给内藤虎次郎先生写下了这篇七言古诗。篇末题署的时间，是丁巳十月朔，也就是1917年的旧历十月初一。七言古诗的特点，就是大多篇幅较长，这篇也是这样。诗长不宜全录，谨出示原诗图片，以见其貌。

我说上页这幅图片展现的是"原诗"的面貌，是因为这是一篇赠人的作品，而这一墨迹就是王国维先生亲笔写成后交到内藤先生手中的原件。我这里依据的是印刷的文本，乃钱婉约、陶德民两人编著的《内藤湖南汉诗酬唱墨迹辑释——日本关西大学图书馆内藤文库藏品集》（国家图书馆出版社2016年印本）。

在古籍校勘工作中，诗以及词这一类东西算是最难校的。除了令人费解的韵句之外，由于"诗无达诂"，也就是不像纪事或是说理的文字那样有明晰的逻辑可以对文句的正误是非加以核验，往往此字有此字的是处，彼字又有彼字的道理，而此一时彼一时，作者说不定什么时候心血来潮，酒喝多了或是失眠睡不着觉的时候都有可能说改就改（文人就是这么个样子，连读古昔先贤的诗文都会代为润色，自己写的东西，更不必跟谁客气），这样，前前后后还会有很多不同的文本存留或是流传，后改的文句也未必就比先写的高明，至少读者未必更认同作者后出的写法。情况实在复杂得很，几乎是无法校勘出一个公认的"定本"来的。

不过有些诗是写给特定的对象或是用于特定的用途，那么，当时写给其特定对象或用于特定用途的文本，也就应该是无可争议的"的本"。王国维写给内藤虎次郎这首诗虽然算不得"古籍"，但近人写古体诗，文字的属性也与古诗没有什么差别，因而，留在内藤先生手中的这幅王国维先生的墨迹，就应该看作是作者认证的定本。

这种赠人之作，本应该郑重写定，但再郑重也可能会有笔误，而且越郑重就会越觉得有必要修饰诗稿。这样就可能在誊录好的纸本上再加以涂抹修改，遇到这样的情况，当然要以原稿上作者改定的文字为准。即使作者做了这样的修订，仍然有可能存在笔误；同时，诗中也会有叙事说理的字句，就此而言，作者写定的文本要是文理不通，读者也有理由予以勘正。

我们所要谈论的这首诗中很关键的一句话，出自下面这段内容之中：

　　回车陋巷叩蓬户，袖中一卷巨如股。《尚书》源出晋秘府，开元开宝笑莽卤。媵以《玉篇》廿三部，初唐书迹凤鸾鹜。玉案金刀那足数，何以报之媿郑绖。

文中"《尚书》源出晋秘府"，讲的就是诗题所说内藤湖南先生"出赠唐写《古文尚书》残卷景本"这一主题。这种"初唐书迹"写本《古文尚书》，是指东晋以来出现的所谓"隶古定"本《伪古文尚书》（"隶古定"者即用隶书的笔法来写所谓古文的结构。所谓《伪古文尚书》，除新增伪撰的二十五篇之外，还含有汉代以来流传的今文《尚书》二十八篇，只不过将其改分成三十三篇并写成所谓"隶古定"的文字而已），至唐前期传写进入日本，大体尚多保持东晋旧本的面貌，而"开元开宝笑莽卤"，是讲这种保持有很多早期《尚书》面貌的文本，在"开元开宝"时期遭受了"莽卤"（莽鲁）的改动。

　　因东晋朝廷将新出《伪古文尚书》立于学官，与东汉郑玄所传传统的文本并列，遂致《伪古文尚书》日益通行。至唐太宗、高宗诏命撰著并颁行《五经正义》，其中的《尚书正义》便采用了这种《伪古文尚书》。从此，世间通行的《尚书》，只剩有《伪古文尚书》这一个体系的文本，而经过"开元开宝"时期"莽卤"改动之后流传于世的《尚书》，与其原本又产生了重大差异。

　　"开元"是唐玄宗的年号，"开宝"是宋太祖的年号。问题是"开元开宝"在这里指的是什么？刊布王国维先生这一手书墨迹的《内藤湖南汉诗酬唱墨迹集释》，编纂者径将"开宝"视作"天宝"的讹误。为什么他们认为王国维会有这样的笔误？编纂者并没有说明。推测起来，大概主要是参照了后来在中国流传的文本。

前面已经谈过，前人的诗作，作者自己往往会屡加修改，从而在不同时期留下不同的文本。这首诗在内藤虎次郎先生的手中，拿到的自然是一个确定的"定本"，可作为一种文学性很强的作品，作者自己仍然有可能会再做改动。在王国维先生自己后来编定的《观堂集林》收录这首诗时，他不仅把诗题改作《海上送日本内藤博士》，同时也对诗中的文字做了一些删改，"开元开宝笑莽卤"变成了"天宝改字笑莽卤"（《观堂集林》卷二四）。若是以此为准来把"开元开宝"改成"开元天宝"，从表面上看，似乎有一定道理，是一个可以接受的校改。

可是这与实际情况却未必符合。在勘改前人诗文的时候，因似是而非以致改是为非的情况，是会经常发生的。因此，对这个诗句的文字，还需要审慎对待。这需要准确领会王国维先生所要表达的内容，而这些内容又关涉学术史上的一些重大事件。

首先，就笔误而言，当时，"天宝"的"天"字和"开宝"的"开"字，字形字音都相差甚远，只有在"開"字被简化成"开"形以后，才容易与"天"字发生形讹。因此，王国维是不大可能会把"天"错写成"开"字的。

其次，从王国维手书的墨迹中可以看出，他在把这首诗呈送给内藤虎次郎先生之前，对最初写录的诗稿，做了仔细的校改，而且改动的幅度是比较大的。若有初写时存在这样明显的错字，他理应发现并做出订正。当时既然是按照这个样子把诗作交到了内藤虎次郎先生的手上，就说明他对"开元开宝笑莽卤"这个句子是认可的，要是没有特别强硬的理由，我们是不能轻易改动的。至于后来在收入《观堂集林》时王国维先生本人对诗句的删改，那时另一个性质的另一种文本，即它属于作者对自己作品所做的修改，但这并不意味着是在更改已经送给内藤先生的诗篇存在文字讹误。这是两种完全不同的文本。

第三，从文理上讲，"开元开宝"这样的写法，是不是决然不通以致必须做出更改呢？实际情况也不是这样。

如前所述，王国维先生这段诗句的大意，是描述与保存在日本的仍存"隶古定"本旧貌的《伪古文尚书》相比，中国本土流传的《尚书》文本，经过"开元开宝"时期的"莽卤"更改，造成了严重的谬误。

与其相应的史实是，天宝三载（744）七月，唐玄宗颁下诏书，文曰："朕钦惟载籍，讨论坟典，以为先王令范，莫越于唐虞；上古遗书，寔称于训诰。虽百篇奥义，前代或亡，而六体奇文，旧规犹在。但以古先所制，有异于当今；传写浸讹，转疑于后学。永言刊革，必在从宜。《尚书》应是古体文字，并依今字缮写施行。永念典谟，无乖于古训；庶遵简易，有益于将来。"（《册府元龟》卷五〇《帝王部·崇儒术》）就是更改东晋以来的"隶古定"文本，将其改书为唐朝通行的楷书字形。其具体执行情况，是"诏集贤学士卫包，改古文从今文"（《新唐书》卷五七《艺文志》·一）。虽说玄宗皇帝李隆基也为更改以前的文本保留了一隅之地，诏命在改行新本的同时，"其旧本仍藏之书府"（《册府元龟》卷五〇《帝王部·崇儒术》），但人性本来就喜新厌旧，科举考试的强制性驱动，更具有普遍的威力，不仅世间再无"隶古定"本流传，就连这个郑重存留于"书府"的"旧本"最后也不知所终了。

就《尚书》的经文而言，卫包奉敕改定的这个所谓"今文"之本，现在我们能够看到的最接近其原貌而且又比较完整的文本，就是今西安碑林所谓《开成石经》中的石刻本。当时上石者虽仅有经文，而书丹所依据的底本则一如卫包改写之初，乃兼有号称"孔安国"的注文（实非孔氏之注）。五代时最初雕版印刷《尚书》的经注，即依《石经》的经文"而取经注本之注以加之"（说详王国维《五代两宋监本考》卷上），这个"经注本之注"当然也是卫包改定的文本，后世刻印的《尚书》则无不循此而出。明此可知卫包改写经注在《尚书》文本流传史上的关键作用，也就能够理解王国维先生为什么最终会把"开元开宝笑莽卤"改写成"天宝改字笑莽卤"了——这与历史的实际情况十分贴切。

如此看来，王国维先生送给内藤先生那个文本，似乎是写错了，因为上面讲述的历史变化过程既与李唐的"开元"无关，更没赵宋的"开宝"什么事儿。可是，实际发生的事情，并没有这么简单，还有其他一些情况，需要考虑。

　　与此《尚书》文本演替相关的另一重要事项，是在天宝改字之前，有陆德明者，于南朝后期至唐代初年，前后持续很长时间，撰成《经典释文》三十卷，摘取《周易》《尚书》等"十二经"（《孟子》在当时尚未入"经"，故不含《孟子》在内）以及《老子》和《庄子》中的字词，加以注释考述。其中《尚书》部分，系以当时通行的所谓"隶古定"本为依据，故赖此还保存有一部分天宝三载改字以前旧本的内容。然而，到了北宋开国之后，在卫包改字本通行天下同时科举考试也进一步普及的背景下，太祖赵匡胤以"唐陆德明《释文》用古文，……命判国子监周惟简等重修"，即命人改易《经典释文》中的《尚书》部分。不过更定这些所谓"古文"是很麻烦的事，至开宝五年（972）二月，太祖复命翰林学士李昉对周惟简等人重修的文本加以校定，进呈后赐名《开宝新定尚书释文》，并刻版颁行天下（《玉海》卷三七《艺文》之"开宝《尚书释文》、咸平《古文音义》条"、卷四三《艺文》之"开宝校《释文》"条）。这样一来，保存在《经典释文》中的"隶古定"本文字也被改易殆尽。

　　在这次颁行《开宝新定尚书释文》之前，陆德明《经典释文》中的《尚书释文》部分本已雕印行世，而且在真宗咸平二年（999）还一度用其旧版重新刷印，俾"与《新定释文》并行"（《玉海》卷三七《艺文》之"开宝《尚书释文》、咸平《古文音义》条"），但由于卫包改字本《尚书》在社会上已经普遍流行多年，这种《尚书释文》的"隶古定"字原本与之并

蠲秘辉杯殿本随岁取以

志筮大臣之义载平业者七曰命曰对曰议曰诔曰诫曰诏曰

天子之义列平乾者四曰制诏

白居易褙飏征　开宝尚书释文咸平古文音义

陈鄂作禹谟　　　　　　　　　　　　苏绰为大诰

唐陆德明释文用古文後周显德六年郭忠恕定古

文刻板　　　　　　　　　太祖命判国子监周惟简等重

修开宝五年二月诏翰林学士李昉校定上之诏名

开宝新定尚书释文咸平二年十月乙丑孙奭请摹

印古文尚书音义　唐志　　　　国史志

釭行从之　　　　传文　天圣八年九月十二

日唯新定释文　　晁氏志古文尚书十三卷孔安国

以隶古定　　　翻自汉迄唐行于学官明皇改从今文

由是古文遂绝陆德明独存其一二于释文虽小有异同而

得本于宋次道王仲至家以校释文

大体相类　　　　　　　　　　　　　　古文并行

唐孝明写　　　　经典序录近唯崇古文马郑王注递废

古文并行　　　今以孔氏为正其舜典一篇仍用王肃本

今以孔氏为正其舜典　景德尚书礼记图　祥符观尚书图　皇

日本中文出版社"百衲"影印元庆元路儒学刊修补本《玉海》

不匹配，与科举考试的内容更无法兼容，刷印后显然不会有多少人理睬，世人不过听其自生自灭而已。这样，就使得南宋以后《伪古文尚书》原本在传世文献中再也看不到稍成体系的痕迹。

显而易见，在《伪古文尚书》的流传历史上，这是一个仅次于卫包天宝改字的重大事件，周惟简、李昉等人的改字与卫包同样"莽卤"。正是由于这次改写《经典释文》中相关内容的文本，才彻底湮灭了所谓"隶古定"本的面貌。因此，在王国维先生叙说《伪古文尚书》的文本演变过程时，对此是值得一提的，"开元开宝笑莽卤"中"开宝"这一年号，是有具体指称对象的，没有理由一定要把它看成是"天宝"的讹误。

这样一来，"开宝"无误，倒是前面的"开元"这一年号，显得不够妥帖了，因为唐玄宗敕令卫包改写《尚书》的文字是在天宝三载而不是开元年间。那么，王国维先生在这里写成"开元开宝"是不是就错了呢？如果我们像看待纪事的文字一样来看待这个诗句，那么，答案是十分清楚的：这自然是一种错误的用法。可王国维先生真的会糊涂到这个地步吗？我看未必。

尽管是在以诗论学，但这毕竟还是在写诗，而既然是诗，它的表述形式就不会与纪事的文体完全相同。

作为一种修辞方式，在旧体七言诗中，常常会有重复使用第一、三两字这样一种句法，如杜甫《客至》诗中的"舍南舍北皆春水"，李群玉《金塘路中》诗中的"黄叶黄花古城路，

秘書郎姜學字某開元皇帝外孫也　學音萬
○學母玄宗　或作學
女新平公主　始楚國公皎與上游益貴幸
與玄宗有龍潛之舊先天二年預誅竇懷貞
等以皎爲銀青光祿大夫工部尚書封楚國
天寶十載慶初尚主授駙馬都尉　秦之
公子慶初得尚某公主宗許尚主慶初生未聊玄
　　　　　後　　　　　落二玄
學生三日上曰他物無以餉吾孫卽敕有司
以弟六品告與緋衣銀魚得通籍出入死名
以官七十其年終不徙然其聞在蜀漢荊楚
是大諸侯命守卹邑輒以勞稱時缺則復命

明崇禎原刻蔣之翹輯注本《柳河東集》

秋风秋雨别家人"（《李群玉诗集》卷中），等等。"开元开宝笑莽卤"这个句子，采用的也是同样的修辞方法。我想，正是为了达到这样的修辞效果，王国维先生才放弃不用实际行事的"天宝"年号而改用了"开元"。

这样一来，诗句在形式上是好看了，可在实质内容上，却好像是造成了与历史实际的重大差异。不过这只是一种错误的假象，实际上并不存在这样的问题。

"开元"和"开宝"这两个词，从表面上看，只是用于纪年的技术符号，像甲、乙、丙、丁或一、二、三、四一样简单，但在另一方面，从汉武帝行用之初，它就是真命天子奉天承运的象征，体现着皇帝至高无上的神圣地位。因此，后世往往可以用年号来代作人君的尊称，诸如洪武皇帝、永乐皇帝、康熙皇帝、乾隆皇帝乃至洪宪皇帝，这些都是人们熟知的用法，但更早在唐宋时期，就已经有过相同或者类似的称呼。如柳宗元撰《故秘书郎姜君墓志》，开篇即谓"秘书郎姜嶷，字某，开元皇帝外孙也"（《柳河东集》卷一一），刘禹锡《三乡驿楼伏睹玄宗望女几山诗　小臣斐然有感》诗也有句云："开元天子万事足，唯惜当时光景促。"（《刘宾客文集》卷二四）宋人对太祖赵匡胤，也有"开宝天子"的说法（林骃《新笺决科古今源流至论》续集卷八《禄秩》下）。

在这种情况下，我理解，王国维先生所说"开元开宝"，应该是分别用"开元"和"开宝"这两个年号，来代指唐玄宗和宋太祖（王国维先生为什么不用"天宝开宝"这样的形式，唐人罕称"天宝皇帝"或"天宝天子"或为其中重要原因之一），而"开元开宝笑莽卤"是讲唐玄宗和宋太祖两人"莽卤"行事，以致湮灭《尚书》旧本的面貌，殊属可笑。如此理解，似文从字顺，没有什么窒碍，而且较诸王国维后来改写的《观堂集林》本，在内容上更能全面体现《伪古文尚书》在唐宋时期文字遭致改易的两大历史事件；在形式上，也更有诗的韵味。

至于王国维先生为什么后来在编定文集时又要把"开元开宝笑莽卤"改写成"天宝改字笑莽卤"，我们今天已经很难揣摩。或许他更想凸显"天宝改字"一事的重要影响，因为这毕竟要比开宝时期改易《尚书释文》的事重要得多；或许友朋间有人对原诗产生了类似《内藤湖南汉诗酬唱墨迹集释》编纂者的困惑和误解，王国维先生想把它改得更为明晰易懂，这也同样是为凸显它对《伪古文尚书》文本演变史的叙说。反正作者自有作者的道理，我们更喜欢哪一种写法，就欣赏哪一个句子是了（要是让我来选，还是更喜欢他送给内藤虎次郎先生那个原本）。

按照我的直观感觉，与送到内藤虎次郎手中的"原作"相比，这首诗被王国维先生收入《观堂集林》的文本，是更加突出了他的学术意识。如上所述，"天宝改字"四字就可以起到这样的作用。不过若是从这一角度着眼，更重要的修订，还不在这里，而在诗篇结尾的地方。

从前面出示的图片中可以看到，这首诗是以这样的句子结束的：

君今渡河绝漳滏，眼见殷民犹虋䳾，归去便将阙史补。明岁寻君道山府，如瓜大枣当乞与。浮邱子，申培公，仙儒著籍将毋同。方壶员峤频相见，为问搏桑几度红。

诗中自"明岁寻君道山府"以下，是讲王国维本人他日或将与内藤先生重会于东瀛，称颂内藤虎次郎犹如中国古代的浮邱子和申培公一般，亦仙亦儒。就学术的阐释而言，这些诗句并没有什么特别的意义，不过出于应酬的客套话而已。现在我们在《观堂集林》中看到的文本，乃删去自"浮邱子"以下数句，同时增以"我所思兮衡漳渚"句煞尾。这一删一增，能够让我们更加清楚地认识和体味王国维先生的学术思想。

诗中所谓"衡漳"，用的是《尚书·禹贡》"覃怀底绩，至于衡漳"的典故，字面上的含义是指漳水，"衡漳渚"则是讲漳水岸边出土商人卜骨的安阳殷墟，全句乃谓王国维先生本人倾心关注的学术问题，是对殷墟甲骨文的考释。这比称道内藤虎次郎是仙人抑或为儒生要实在得多，也更加真实地表曝了王国维先生的心态。

去年年初，我在《〈海昏侯刘贺〉书里书外的事儿》这篇讲稿里曾经谈到，王国维先生所说"二重证据法惟在今日始得为之"这句话，显示出在王国维先生本人看来，所谓"二重证据法"本来古已有之，而他不过是因有幸正赶上殷墟甲骨卜辞的新发现，才能够"据以补正纸上之材料"，即用以证释《史记》等书载录的殷商史事。也就是说，王国维先生在这里所自矜的"二重证据法"并不是一种普遍的学术研究方法，而是有特定指向的。在阐述这一看法时，我曾提到："看王氏写给内藤湖南的七言古诗《海上送日本内藤博士》，尤易理解他对这方面研究的自矜。"（案此文收入拙著《书外话》）

现在我们通看这首七言古诗，在前面引述的那段对内藤先生所赠"唐写《古文尚书》残卷景本"等文献加以赞述之后，王国维先生在吟咏"何以报之媿郑绹"之句以后，写了下面这样一些话：

> 北辕易水修且阻，困民之国因殷土。商侯治河此胥宇，洒沉澹灾功微禹。王甲遂作殷高祖，服牛千载德施普。击床何怒逢牧竖，河伯终为上甲辅。中兴大业迈乘杜，三十六叶承天序，有易不宁将安补。我读《天问》识其语，《竹书》谰言付一炬。多君前后相邪许，太邱沦鼎一朝举。

这一大段诗句，不必一一详细解读，大意是在讲述他本人利用殷墟甲骨卜辞研究殷商历史所取得的突破性进展（特别是《殷卜辞中所见先公先王考》和《殷卜辞中所见先公先王续考》两文）以及内藤虎次郎先生对这些研究的赞许。因喜不自禁，王国维先生竟自言其成就之大犹如将在宋国太丘之社亡没于泗水的九鼎神器奋力举出尘世，即谓再现了湮没已久的古史面貌。在此前提下，才有接下来的"君今渡河绝漳滏"以至"如瓜大枣当乞与"这些诗句。现在，再把"浮邱子"以下数句删改为

"我所思兮衡漳渚",就直接紧扣他所揭示的殷商史事。这一点正是王国维先生所着意夸耀于内藤虎次郎先生的学术成就,也是他所说"二重证据法"的具体用场和特出之处。

2018 年 5 月 18 日记